Kataliya, la Perfetta

Due migliori amici vogliono condividere con una donna

Ashley Colem

KATALIYA, LA PERFETTA

First edition. December 9, 2023.

Copyright © 2023 Ashley Colem.

ISBN: 979-8223572442

Written by Ashley Colem.

Also by Ashley Colem

Bien Trop Brutal
Obsede Par Elle
Limite dépassée
Amour Improbable
Kataliya, la Parfaite Élue
Le Choix Ultime d'un Seul Amour
Réveille-toi, Barbara
Sexe à Répétition
Taïna est en feu
Captive d'une Nuit Enneigée: Jusqu'à ce qu'elle apparaisse et que son âme se sente captivée
Ces Attouchements Tabous: Cette nuit-là, il a changé ma vie pour toujours
Épuisement: Sienna est peut-être jeune, mais son corps sait ce dont il a besoin
Il va l'avoir: William veut Jesse plus que tout au monde
La Femme de ses Rêves: Il est obsédé par la jeune beauté qui lui a volé son cœur
Le No 1 des Connards: Il ne cherche pas d'excuses pour ce qu'il est ou ce qu'il fait
L'étrange Mariage du Milliardaire
Maintenant... Elle est à moi pour Toujours: Je mets un bébé dans son ventre et une bague en diamant à son doigt
Piégé par elle

Tenir si Fort: Il ne savait pas qu'une obsession pouvait s'emparer de lui aussi fort

Un Alpha de Mauvais Caractère: Aucune femme n'a jamais été capable de le gérer

Un Échange Très Étrange: Le destin de Cian et de Serenity, croisés dans un lycée américain

Limite Superato

Amore Improbabile

Kataliya, la Perfetta

Taina è in Fiamme

Per diventare la nuova fisioterapista della squadra di calcio americana di suo padre, Kataliya Green si trasferisce dall'altra parte del paese. È pronta per il cambio di scenario, ma non è pronta per i due intimidatori calciatori che vogliono farcela da soli.

Bruno e Klivens sono migliori amici sin dal loro primo incontro. Inoltre hanno frequentato la stessa università e sono stati selezionati dalla stessa squadra. Per tutta la vita sono stati consapevoli del desiderio di condividere con una donna. E hanno riconosciuto Kataliya come quella non appena l'hanno vista.

Questi uomini sono eccessivi, ma sono follemente innamorati della persona con cui escono. Questa famiglia comprende il doppio degli alfa, il doppio della possessione e il doppio del dolore.

Unisciti a loro per divertirti!

Capitolo 1

Catalizzatore

"Quello è jailbait."

I miei occhi si aprono al suono di una voce maschile profonda, ricca come il cioccolato fondente. Mi viene la pelle d'oca sulla pelle e per un momento dimentico dove mi trovo. Sbatto le palpebre un paio di volte e vedo due uomini enormi riempire tutto lo spazio davanti a me. Il mio cuore si ferma per un secondo quando mi rendo conto di chi sto guardando, poi inizia a battere così forte che mi chiedo se possano sentirlo. Sono entrambi in piedi sopra di me, quindi mi siedo con la schiena dritta e mi asciugo la bocca nel caso stessi sbavando mentre dormivo. L'imbarazzo mi pervade e cerco di voltare le spalle a loro in modo che non possano vederlo scritto su tutta la mia faccia. Dopo un secondo mi guardo indietro e cerco di non far uscire la lingua dalla bocca.

Klivens è il più grande dei due e i suoi occhi sono duri e illeggibili. Lancio un'occhiata a Bruno, che sorride con lo sguardo malizioso. Dopo un momento di silenzio, Bruno dà una pacca sulla spalla a Klivens. "Stai spaventando la piccola cosa."

Li guardo entrambi, incapace di trovare le parole. Questi sono due uomini che sognavo di incontrare da quando sono stati arruolati nella NFL un paio di anni fa. Tutti sanno chi sono e non vedevo l'ora di incontrarli da quando hanno firmato con la squadra di mio padre. Negli ultimi anni ero stato così impegnato con il college che non ho mai avuto la possibilità di volare e vedere una partita. Sapevo che mio padre me lo avrebbe presentato in un batter d'occhio se glielo avessi chiesto. Essere super timido era un altro motivo per cui rimandavo una delle partite. Avevo paura che mi sarebbe rimasta la lingua legata, cosa che chiaramente è appena accaduta. Non posso credere che sia così che li incontro. Non era così che lo avevo pianificato nella mia testa. Sapevo che li avrei incontrati presto. Ma non così presto.

La mia mano vola sui miei capelli e li accarezzo per assicurarmi che non siano un disastro. Scommetto che sembro uno sciatto. Ucciderò mio padre quando lo vedrò. Qualche avvertimento sarebbe stato carino.

Bruno spinge Klivens verso un posto proprio di fronte al mio, poi si siede accanto a lui. Altri giocatori salgono sull'aereo e mi lanciano sguardi interrogativi. Sono sicuro che si staranno chiedendo perché sono qui. Il coach Barnes sale sull'aereo con il telefono premuto sull'orecchio. Mi solleva il mento in segno di riconoscimento prima di tornare a urlare contro chiunque sia in linea. È ormai l'unico che conosco nella squadra.

Mio padre mi disse che l'aereo della squadra avrebbe fatto scalo a New York sulla via del ritorno a Las Vegas, e io dovevo essere a bordo. Non avevo capito che intendesse dire che si sarebbe fermato per riprendere la squadra dall'ultima partita della stagione. Sono un idiota per non aver fatto due più due, ma negli ultimi giorni non ho fatto altro che caffeina per prepararmi al mio trasferimento a Las Vegas.

Se lo avessi saputo, non avrei l'aspetto che ho in questo momento. I miei occhi si abbassano in grembo e mi maledico per aver indossato pantaloni da jogging di velluto rosa e una felpa corta e ampia che scende da una spalla. Dio sa come sono i miei capelli in questo momento, e non ho un briciolo di trucco. Non che ne indossi molto, tanto per cominciare, ma se avessi saputo che i due uomini protagonisti di tutte le mie fantasie sarebbero stati di fronte a me in questo preciso momento, mi sarei messa un po' di lucidalabbra.

Quando li guardo di soppiatto attraverso le ciglia, vedo che mi stanno ancora fissando. Klivens è accigliato e Bruno sorride come se avesse un segreto. Gesù Cristo, come farò a sopravvivere per sei ore?

Qualcuno entra nel mio campo visivo e alzo lo sguardo per vedere Nelson, una delle stelle riserve della squadra, in piedi lì. I suoi occhi vagano su di me prima che un sorrisetto si formi sulle sue labbra. Sono sicuro che questo scioglie la maggior parte delle ragazze, ma la mia mente è ancora rivolta a due ragazzi di fronte a me.

"E chi potresti essere?" lui chiede. La sua voce è morbida e dolce, ed è chiaro che sta flirtando con me. Nelson è noto per essere un donnaiolo, e ogni volta che vedo le sue interviste è sempre arrogante, ma divertente allo stesso tempo.

"Non sono affari tuoi, cazzo", sento Klivens ringhiare, e mi fa rizzare i peli del braccio.

"Muovi il culo, Nelson", aggiunge Bruno, e la sua voce è tagliente.

Nelson scuote la testa, senza nemmeno guardarli. I suoi occhi sono ancora puntati su di me, ma voglio che anche lui si muova. Sta bloccando la mia visione di Klivens e Bruno, e anche se potrei non riuscire a trovare le parole per parlare con loro in questo momento, voglio poter guardare.

"Quel posto è occupato?" mi chiede, accennando al posto vuoto accanto a me. Fa un movimento per sedersi, poi urla mentre le mani si posano sulle sue spalle.

"Non farmi ripetere", avverte Klivens.

I miei occhi si spostano da tutti e tre mentre l'aria intorno a noi sembra più densa.

"Sai quanto a Klivens piace picchiare a sangue la gente, Nelson. Non spingerlo. Ci vorranno cinque di noi per togliertelo di dosso, e ho bisogno del tuo culo la prossima settimana. Allora perché non vai a sederti dietro e tieni il culo e la testa sullo stesso corpo", dice Bruno con un sorriso sul volto.

Nelson si libera dalla presa che hanno su di lui e si gira a guardarli. Prima di allontanarsi lancia un'occhiata a me e poi di nuovo a loro. "Veramente?" chiede, alzando un sopracciglio interrogativo.

"Muoviti", dicono all'unisono.

Nelson scoppia a ridere. "Non avrei mai pensato di vedere il giorno." Scuote la testa e finalmente prosegue lungo l'aereo verso il retro. Bruno e Klivens si siedono ai loro posti, visibilmente rilassati.

Prendo il libro dalla borsa sul pavimento e faccio finta di leggere. Né Klivens né Bruno dicono nulla, ma sento i loro occhi puntati su di me mentre i secondi passano. Morivo dalla voglia di incontrarli da quando mio padre li ha ingaggiati per la squadra, ed eccomi qui che sto cercando con ogni centimetro del mio corpo di ignorare la dinamica coppia.

I due firmarono insieme, dichiarando entrambi che non sarebbero andati da nessuna parte senza l'altro. Dopo aver sentito quella storia, ho letto quanto più possibile su di loro. Bruno era un bravo ragazzo, nato e cresciuto in una fattoria dell'Idaho. Suo padre era un quarterback in pensione che era nella Hall of Fame. Bruno sembra essere alle calcagna di suo padre per fare lo stesso. Tutto nella sua vita è tutto americano.

Klivens proveniva dalla parte sbagliata della città e ha perso i suoi genitori in giovane età. Ma aveva un talento grezzo venuto fuori dal nulla ed è stato una bestia da quando ha messo piede in campo. Lui e Bruno erano migliori amici da piccoli e i genitori di Bruno lo hanno accolto con sé. Almeno questo è quello che ho trovato online. Sono praticamente fratelli, il che fa sembrare un po' strane alcune voci su di loro.

È stato detto che sono amanti, ma non ci sono foto che li ritraggano in alcun modo romantici. A meno che non li conti abbracciando dopo una partita. Lo stesso tipo di abbracci che si danno tutti gli altri giocatori. La voce ha vita perché nessuno dei due è mai stato visto con una donna e vivono insieme. Difficilmente vanno da nessuna parte senza l'altro, quindi le persone danno per scontato.

Il mio cuore si è spezzato un po' il giorno in cui ho letto quell'articolo. Tuttavia, al mio corpo non importava che non gli piacessero le donne; Ho le mie fantasie e niente le cambierà. E non è che potrei sceglierne solo uno su cui fantasticare. Entrambi hanno il loro fascino.

Klivens è cupo e meditabondo e Bruno sorride e ride. Almeno da quello che ho visto di loro sul campo o nelle interviste. Klivens è costruito come un dannato camion. Mi ha sempre ricordato un uomo delle caverne e il modo in cui cammina non ha fatto altro che consolidare la mia impressione. I suoi lunghi capelli scuri gli scendono appena oltre le spalle, e quando è accaldato e sudato in campo diventano ondulati di riccioli. È alto almeno sei piedi e mezzo ed è estremamente muscoloso. Sono scioccato quando vedo qualcuno prendere uno dei suoi colpi in campo e poi riuscire a rialzarsi. Ebbene, alcuni di loro si alzano.

Bruno è il suo opposto sotto molti aspetti. È qualche centimetro più basso di Klivens ed è magro. Da quello che ho visto di lui è il quarterback più veloce del campionato. I suoi capelli biondo sporco sono tagliati corti e ha sempre un sorriso facile sulle labbra. Ha anche una dannata fossetta, che lo fa sembrare ancora più sognante. Ha mani grandi quanto guanti da baseball e labbra di cui qualsiasi donna sarebbe gelosa.

Entrambi sono belli a modo loro, ma come potrei essere così attratto da due persone che sembrano così diverse? Pensavo che normalmente le donne avessero un tipo, ma cosa ne so? Ho a malapena avuto un appuntamento.

La mia educazione non ha aiutato la mia vita sentimentale. Sono nato a Las Vegas ma cresciuto a New York. Mia madre si è allontanata il più possibile da mio padre. Probabilmente sarebbe andata in Alaska se avesse potuto, ma immagino che la sua vita sociale e la dipendenza dallo shopping non lo avrebbero permesso. Per qualche motivo non voleva che io e mio padre fossimo vicini, ma sono sempre stata una coccola di papà.

Non ho mai conosciuto un momento in cui i miei genitori fossero insieme. Solo poche foto mi avrebbero fatto credere che fosse vero. Mia madre e mio padre si sono incontrati una notte quando mio padre l'ha vista in uno dei suoi spettacoli. Era una showgirl di Las Vegas, cosa che cerca di nascondere ai suoi amici mondani di New York. Non vuole che nessuno sappia da dove viene.

Posso capire perché mio padre si è innamorato di lei, però. È bellissima, anche anni dopo. Non si è mai sistemata, ma ci sono stati uomini dentro e fuori dalla sua vita. Probabilmente le è stato proposto una dozzina di volte e ho sempre pensato che stesse aspettando la persona giusta. Ma ho scoperto che se si fosse risposata i suoi alimenti sarebbero cessati. Sapevo che non si sarebbe mai arresa. Ancora di più ora che non riceverà il mantenimento dei figli. Lo otteneva solo se ero iscritto a scuola e mi diplomavo subito prima dell'estate.

Non è mai stato detto, ma ho la sensazione che mio padre abbia sposato mia madre solo perché era rimasta incinta. Mio padre cerca sempre di fare la cosa giusta quando si tratta di me, anche sorridendo ed essendo educato quando lui e mia madre devono stare nella stessa stanza. Come alla laurea.

Cerco di togliermi quel giorno dalla mente. Dio ama mia madre, ma tutto con lei deve essere un grande evento. Potrebbe essere stata la mia laurea, ma lei era al centro dell'attenzione. Non che mi importasse. Non ero io quello che amava essere sotto i riflettori. Non ero riuscita a vedere mio padre in bocca e volevo passare la giornata con lui, o almeno nascondermi con lui durante la festa. Ma mia madre mi teneva al suo fianco, ostentandomi come una sorta di premio che le apparteneva.

Non si sarebbe mai saputo che fosse contraria al fatto che ottenessi il dottorato in fisioterapia. Se ne lamentava ogni giorno. Ho dovuto ascoltarlo perché vivevo a casa mentre andavo a scuola. Tra andare in una scuola femminile, stare a casa quando andavo al college e seguire quante più lezioni potevo per diplomarmi il più velocemente possibile, la mia vita sociale era nulla.

Il mio obiettivo principale era laurearmi perché sapevo cosa mi aspettava quando l'avessi fatto. Probabilmente è per questo che mia madre odia la mia scelta professionale. Tutto quello che dovevo fare era laurearmi e prendere il massimo dei voti e mio padre mi prometteva un lavoro nella sua squadra. Il sogno mi ha alimentato. Non solo volevo il lavoro, ma volevo anche stare vicino a mio padre.

Il nostro rapporto è diverso da quello che ho con mia madre. Mio padre è sempre stato più affettuoso e amorevole. Ha sempre voluto essere coinvolto nella mia vita. Non passa giorno che non senta la sua voce. Quando non doveva lavorare veniva sempre a New York per vedermi o facevamo un viaggio insieme. Ha anche una seconda casa nello stesso edificio di mia madre.

Il nostro tempo insieme è sempre stato speciale e sono più che entusiasta di vivere davvero nella sua stessa città. Mia madre non ne è contenta, ma sono sicura che dopo un po' si abituerà. Non è che usciamo così tanto a meno che non mi vesta e mi porti a un evento. A parte questo siamo come due educati sconosciuti che si incrociano nei corridoi di casa. Ho rinunciato molto tempo fa a cercare di avere una relazione profonda con lei. La amo, ma non credo che lo saremo mai.

Sono distolto dai miei pensieri quando sento che l'aereo inizia a muoversi.

"Cintura di sicurezza", sento Klivens ringhiare.

Forse non è un ringhio ed è proprio così che parla. Cerco di ricordare le interviste che ha fatto ma non riesco a ricordare. Normalmente è Bruno a parlare. Ho sempre tifato per la squadra di mio padre, ma quando sono cresciuto mi sono appassionato ancora di più e lui mi portava alle partite. Ho divorato tutto quello che potevo sui giocatori e sulle squadre da quando mio padre mi ha fatto la promessa di venire a lavorare per lui.

Cerco la cintura di sicurezza, completamente nervosa sapendo che entrambi mi stanno guardando. Ho davvero bisogno di rimettermi in sesto. Lavorerò con loro e viaggerò con loro alle partite. Non posso essere la figlia del goffo proprietario di fronte a loro.

Due mani calde e forti coprono le mie, facendomi mozzare il fiato per un momento. «Lasciamelo fare, zucchero.»

Alzo lo sguardo, incontro gli occhi cristallini di Bruno e mi perdo per un momento. I suoi pollici mi massaggiano le mani, poi si spostano verso la cintura di sicurezza. Lo inserisce facilmente e mi sento caldo dappertutto.

"Grazie", dico quando finalmente riesco a far uscire le parole dalle mie labbra.

"Tu parli." Mi mostra una fossetta mentre mi fa un sorriso canzonatorio. "Chiudi la bocca o ci farò qualcosa."

La mia bocca si chiude e sono sicura che la mia faccia sia rosso vivo. Fa una piccola risatina prima di farmi l'occhiolino e tornare a sedersi accanto a Klivens.

"È ancora più morbida di quanto sembri", gli dice, e Klivens emette un grugnito. Abbasso lo sguardo sulle mie mani, dove il suo tocco persiste ancora. Le sue parole mi risuonano in testa.

Cosa farebbe con la mia bocca? Le mie dita si avvicinano alle labbra e mi vengono in mente un'ondata di visioni.

"Merda", borbotta qualcuno.

Non guardo oltre. Lo so, è stato Bruno a dirlo e sembra arrabbiato. Questi due sono così confusi. Riaprendo il libro, mi perdo tra le pagine, cercando di spingere fuori tutto il resto in modo che la mia mente possa schiarirsi e questo rossore possa svanire. Ho bisogno di metterlo insieme.

I miei occhi si spalancano quando sento qualcosa che mi accarezza la guancia. Devo essermi addormentato. I miei occhi si fissano su Klivens, che mi sta massaggiando dolcemente la guancia con il pollice. Il suo tocco è così diverso da quanto pensassi.

"Siamo qui, piccolo." Il suo viso è dolce adesso, ma non riesco a leggere i suoi occhi scuri. C'è qualcosa lì, ma non so cosa sia. Sembrano quasi tristi.

"Grazie." Mi siedo. Klivens si abbassa e mi slaccia la cintura di sicurezza. È carino, ma forse questi due pensano che io sia così incompetente che non riesco nemmeno ad allacciarmi e slacciarmi.

"Sei?" mi chiede Klivens con la sua voce profonda.

Non capisco la domanda. "Cosa sono?"

"Jailbait."

Abbasso lo sguardo e scuoto la testa. So di sembrare giovane e la mia piccola taglia non aiuta. E nemmeno il modo in cui sono vestita e vestita oggi. Non volendo alzare lo sguardo verso di lui, prendo la borsa e ci infilo dentro il libro.

"Ma ci sei molto vicino, vero?" Guardo fuori dal finestrino, desiderando che l'aereo smetta di rullare sulla pista così posso uscire. "Piccolo?"

"Il mio nome è Kataliya."

Bruno è in piedi accanto a lui adesso. L'aereo smette di muoversi e un attimo dopo sento la porta dell'aereo aprirsi. Mi alzo, ma Klivens e Bruno non si muovono perché bloccano il mio cammino.

"Chi sei, Kataliya?" chiede Bruno. Mi lecco le labbra, guardandolo. Gesù, sono ancora più grandi di persona. Vederli in campo attraverso la televisione non rende loro giustizia. "Io... ah," balbetto, ma mi interrompo quando sento la voce di mio padre.

"Melly!" Mio padre mi chiama sempre con il soprannome che mi ha dato da piccola. Sia Klivens che Bruno si voltano a guardare mio padre, che è appena salito sull'aereo, chiaramente incapace di aspettare che io esca. Adoro il fatto che sia entusiasta di vedermi tanto quanto lo sono io di vederlo.

"Lei appartiene a te?" Le parole di Klivens suonano mortali.

Li supero e mi lancio contro mio padre. Non sono riuscito a vederlo per tutta l'estate. Ero impegnato a mettere in fila tutte le mie certificazioni. Non siamo mai rimasti così a lungo senza vederci. Mio padre mi abbraccia forte e mi bacia sulla guancia. Prima di lasciarmi andare, mi gira e vedo tutta la squadra in piedi, che cerca di uscire dall'aereo.

"Sì, lei appartiene a me." Sia Bruno che Klivens fanno un passo verso di noi. Tutta la squadra mi sta guardando. Smettono di muoversi quando mio padre continua. "Questa è mia figlia, la dottoressa Kataliya

Green." Le espressioni di Bruno e Klivens cambiano e non lo capisco. "È la nuova fisioterapista della squadra."

capitolo 2

"Papà, questo posto è troppo." Mi guardo intorno nell'appartamento completamente decorato, la mia eccitazione ribolle all'idea che questo spazio sia mio e posso farlo come mi pare.

Il posto è fantastico. Più di quanto avrei potuto sperare, e sono riuscito ad arrivare solo in soggiorno. C'è un enorme camino e un grande divano componibile grigio morbido che sembra soffice e confortevole. Grandi cuscini ne rivestono la maggior parte e sembra così accogliente. C'è luce ovunque, che splende dalle finestre dal pavimento al soffitto che si affacciano su Las Vegas.

Mi giro a guardare mio padre. I suoi capelli sono un po' più grigi rispetto all'ultima volta che l'ho visto. È in giacca e cravatta come sempre, ma oggi è un po' meno teso del normale. Sembra rilassato. È bello e mi sono sempre chiesta perché non si sia mai risposato. Forse mia madre gli ha rovinato l'idea. Non ha mai portato nemmeno una donna in giro.

"Questo posto è perfetto." Mette le mani in tasca. "La maggior parte della squadra vive qui durante la stagione. La sicurezza è di prim'ordine." Fa un cenno verso un telefono. "Puoi ordinare il cibo quando vuoi e hanno una palestra e una spa al piano di sotto. Tutto ciò di cui hai bisogno con una sola chiamata."

"È sicuro", insiste. "Potresti venire a stare con me se preferisci. Mi piacerebbe averti a casa, ma ho pensato che avresti voluto un posto tutto tuo."

"È perfetto." Amo mio padre e sono così felice di essere qui, ma voglio il mio spazio. È ora di iniziare a spiegare un po' le ali.

"So che ti piace cucinare." Fa un cenno a sinistra e io corro in cucina. Non solo amo cucinare, ma amo mangiare.

"Papà!" Grido e la mia eccitazione trabocca. A casa difficilmente potevo usare la cucina. Mia madre odiava il disordine, anche se pulivo da sola. Odiava anche avere cibi ricchi di calorie in casa. Potevo cucinare solo quando lei andava via per i fine settimana o sapevo che sarebbe stata via per la notte. A volte potevo intrufolarmi a casa di mio padre per cucinare. Mi lasciava sempre fare quello che volevo in cucina.

Faccio scorrere la mano sul ripiano in granito bianco e guardo tutti gli elettrodomestici in acciaio inossidabile.

"Non hai ancora visto nulla", dice mentre si dirige verso una dispensa.

Apre le porte e rivela una piccola stanza fiancheggiata da scaffali. Entro e vedo che il posto è pieno di cibo. È fatto così perfettamente, con etichette e contenitori, che quasi non voglio toccare nulla.

"Un designer ha organizzato questo cibo?" Scherzo, ma l'espressione della faccia di mio padre mi fa pensare di aver centrato il bersaglio. "Non potrò mai mangiare tutto questo."

"Dovrai invitare il tuo vecchio a casa per un sacco di cene." Mi avvolge un braccio attorno, attirandomi a sé e baciandomi la sommità della testa.

"Mi piace l'idea", concordo. "Hai fame adesso?"

"Vorrei poter restare a cena, ma ho una riunione." Posso sentire le scuse nel suo tono.

"Vivo qui adesso. Faremo molte cene. Inoltre, devo disfare le valigie e sistemarmi," cerco di rassicurarlo. Usciamo dalla dispensa e io vado al frigorifero che è pieno fino all'orlo. Soffoco una risata e prendo due bottiglie d'acqua. Ne faccio scivolare uno sul bancone verso di lui e lui lo afferra.

«Le scatole che hai inviato sono nella camera da letto principale. Se non hai voglia di disfare le valigie, posso mandare qualcuno a farlo domani."

"Papà, posso disfare le valigie da solo." Scuoto la testa con affettuosa esasperazione.

"So che puoi." Beve un sorso d'acqua. "Come ho detto, la maggior parte della squadra vive nell'edificio." I suoi occhi guizzano verso la porta d'ingresso. "Sto iniziando a rimpiangere l'unità che ho scelto per te."

Alzo le sopracciglia, incerta su cosa intenda con questo.

"Ci sono solo due unità su questo piano", aggiunge.

"Va bene."

"Pensavo che la mia scelta fosse buona, ma ora, dopo l'incidente sull'aereo..." Scuote la testa.

"Uno degli altri giocatori vive nell'altro?"

"Sì. Due." Sospira. "Ho pensato che sarebbe stato adatto a te. Pensavo..." Si interrompe.

Il mio cuore batte forte. So già di chi sta parlando. Se due giocatori vivono insieme, devono essere loro.

"Papà, se parli di Bruno e Klivens sono sicuro che va bene. Non sono, sai...?"

Alza le spalle, senza rispondere, poi guarda l'orologio. "Devo andare." Si avvicina e mi abbraccia e mi dà un bacio sulla fronte. "Riposare. Il lavoro inizia dopodomani."

"Non vedo l'ora." Lo accompagno alla porta e lo faccio uscire. Guardo l'altra porta dall'altra parte del corridoio e mi chiedo se sono dentro. Scuotendo la testa, chiudo la porta e la chiudo a chiave. Quando siamo scesi dall'aereo ho sentito alcuni giocatori parlare di uscire stasera. Qualcosa riguardo un evento che ospita. Ho già sentito parlare di celebrità che lo fanno nei club famosi. Chissà se Bruno e Klivens andranno. Mi chiedo anche se le voci sulla loro omosessualità siano vere.

I commenti disinvolti che mi hanno fatto mi fanno pensare che non lo siano. Forse sono semplicemente discreti con le loro donne o qualcosa del genere. Esploro ancora un po' il mio appartamento e quasi muoio quando vedo il bagno padronale. Più tardi farò sicuramente una nuotata in quella vasca.

Guardo tutte le scatole impilate e ne apro un paio per assicurarmi che sia tutto qui. Tiro fuori le cose che so che mi serviranno per i prossimi giorni. Dopo essere tornato in soggiorno, tiro fuori il portatile dalla borsa prima di premere l'interruttore per accendere il caminetto. Cado sul divano, sprofondandovi dentro, e prendo una comoda coperta.

Leggo alcune e-mail prima che il mio interesse venga suscitato. Ho dei messaggi dal sito di incontri a cui mi sono iscritto l'altro giorno. Ho creato un profilo prima di partire per New York. Forse ho bevuto troppi bicchieri di vino mentre l'ho fatto, ma volevo solo provare a uscire con qualcuno.

La mia mente va dritta al pensiero di Klivens e Bruno, ma li respingo. Anche se giocano per la mia squadra, hanno il cuore spezzato scritto addosso. Inoltre, non potrei mai scegliere tra loro.

Comincio a fare clic sui messaggi e li elimino tutti tranne uno. È chiaro che gli altri cercavano sesso e a me non piacciono le avventure di una notte. Almeno non credo di esserlo. Non sono sicuro di cosa mi interessi, se devo essere onesto con me stesso. So che non voglio morire vergine, ma penso di aver bisogno di un qualche tipo di connessione per spogliarmi con un'altra persona.

Un ragazzo di nome Mason mi ha inviato un messaggio e cerco il suo profilo. È carino. Alcune delle sue foto sembrano un po' vistose: una lo mostra in piedi accanto a un'auto sportiva, un'altra a una festa elegante. Sembra il tipo d'uomo con cui mia madre cercherebbe di sistemarmi. Ha un taglio pulito con capelli castani corti e occhi azzurri. Sembra il tipo del ragazzo della porta accanto. Dice che è un medico che ama il baseball, non è mai stato sposato e non ha figli.

Tra tutti quelli che mi hanno inviato un messaggio, è l'unico con cui prenderei in considerazione un appuntamento, quindi gli rispondo, facendogli sapere che mi piacerebbe incontrarci per un drink qualche volta.

Quando sento ridacchiare metto giù il portatile e vado alla porta d'ingresso. Guardo fuori dallo spioncino e vedo due ragazze in piedi fuori dalla porta di Klivens e Bruno. Un attimo dopo la porta si apre ed esce Bruno, abbracciando entrambe le ragazze prima di aprire di più la porta e lasciarle entrare. Il mio cuore si stringe quando la porta si chiude dietro di loro.

Chiudo gli occhi, odiando la gelosia che mi avvolge. Come se avessi dei diritti su di loro. Come posso essere arrabbiato? Stavo solo fissando un appuntamento, quindi non è che io sia innocente.

Sussulto quando all'improvviso qualcuno arriva e si ferma davanti alla mia porta. Riesco a distinguere il volto di Nelson mentre bussa e apro la porta.

Si è tolto il vestito che indossava. La squadra è tenuta ad indossare le tute in entrata e in uscita dalle partite. Adesso indossa jeans blu scuro e una polo bianca attillata.

"Ehi bellezza. Alcuni di noi usciranno stasera. Voglio venire? Puoi uscire e incontrare qualcuno della squadra?" Si appoggia allo stipite della porta con un'aria disinvolta e rilassata.

Lancio un'occhiata alla porta di Klivens e Bruno e dibatto per un momento.

"Sì, penso di sì. Dammi dieci minuti per prepararmi." Apro ancora un po' la porta, invitandolo ad entrare. Lui entra e la chiude dietro di sé.

"Aspetterò. Il posto non è lontano da qui."

Vado in camera mia e corro a cercare qualcosa da indossare. Io indosso un vestito e un paio di tacchi grossi, poi mi arruffo un po' i capelli e mi metto un po' di mascara e rossetto. Quando torno in soggiorno Nelson è dove l'ho lasciato. Si gira quando sente i miei tacchi che ticchettano sul pavimento di legno.

Fa un fischio e io rido. È giocoso e non ho la sensazione che ci stia provando con me. Mi offre il braccio in segno amichevole, così lo prendo e con l'altra mano afferro la borsa.

"Non sono mai stato in un club prima", ammetto.

"Allora sei pronto per il momento più bello della tua vita."

Bene. Ho bisogno di distogliere la mente dagli uomini che vivono accanto a me e dalle donne che hanno a casa loro. Non mi servirà a niente soffermarmi su quello che stanno facendo lì dentro.

capitolo 3

Clevens

Odio la bassa stagione. Ci sono troppi tempi di inattività. Sono una bestia e ho bisogno di essere addestrato. Ho passato tutta la vita a lavorare duro per poter essere il migliore quando arriverà il momento di scendere in campo. La bassa stagione rende i giocatori pigri.

Grazie a Dio ho Bruno che mi spinge, perché faccio lo stesso con lui. Normalmente sono piuttosto silenzioso e grugnisco solo quando ne ho bisogno, ma sono molto lunatico quando non sto bruciando tutta l'energia repressa.

I miei pensieri tornano alla zona di pelle nuda sulla sua spalla che ho fissato per sei lunghe ore. Rendo la doccia fredda e spero che il freddo allontani il mio bisogno di quel piccolo culetto biondo.

Catalizzatore.

Cavolo, quel nome mi fa un nodo allo stomaco e non so come farò a controllarlo. Prendo lo shampoo e cerco di lavare via i pensieri del volo. Potevo sentire l'energia che si riversava da Bruno a ondate e questo mi rendeva nervoso. Il suo bisogno ha innescato il mio e lì ci siamo seduti a pochi centimetri da ciò che volevamo.

Sento i sussurri. Si è sempre parlato di noi due. Dal momento in cui ci siamo incontrati siamo stati inseparabili. Dopo la morte dei miei genitori sono stata messa in una casa famiglia. Le persone che gestivano la casa erano abbastanza gentili, ma per loro era solo un lavoro. I genitori di Bruno mi hanno cresciuto come loro figlio, quindi quando dico alla gente che è mio fratello dico sul serio. Chiamo persino i suoi genitori mamma e papà. Avevo un letto nella sua stanza in cui dormivo più che in casa. Frequentavamo lo stesso college, condividevamo lo stesso dormitorio e vivevamo insieme anche fuori dal campus. La gente pensava che fossimo dei mostri perché condividevamo sempre la stanza, ma non ci è mai piaciuto stare da soli. Non ho mai toccato Bruno in modo che non fosse fraterno e non sono sessualmente attratta da lui. Ma è la mia anima gemella in ogni senso della parola e non mi piace stare lontana da lui. È il motivo per cui abbiamo presentato insieme la bozza e abbiamo costituito un pacchetto unico. Non me ne frega un cazzo di cosa pensa la gente di noi.

Quando eravamo al liceo andavamo in campeggio da soli per un fine settimana. Stavamo pescando al lago quando Bruno mi ha chiesto se pensavo di fare sesso.

"Questo è tutto ciò a cui penso."

"NO. So che. Ma non è questo che intendo. Non lo dico bene", dice.

"Che cosa intendi allora? Spiegamelo." Lancio la bobina e Bruno resta in silenzio per così tanto tempo che sto per preoccuparmi. Sento un'agitazione nello stomaco e so cosa sta succedendo.

"Pensi mai di fare sesso. Con la stessa ragazza, allo stesso tempo.

Lo guardo e lui mi guarda. Per un attimo c'è intesa tra noi, e annuisco.

"Questo ci rende dei mostri?" chiede, e posso sentire la paura nella sua voce.

"Importa?" Grugnisco e lancio di nuovo la lenza.

Il silenzio passa di nuovo e lo sento emettere un sospiro. "Non credo. È solo che... penso a scopare una ragazza e poi penso a te. Non voglio scoparti, ma ti amo. Alza le spalle e posso dire che questa è stata una grande confessione per lui.

"Ti amo anch'io", è tutto ciò che dico. Siamo una famiglia.

Abbiamo avuto un paio di conversazioni del genere nel corso della nostra vita e al college l'abbiamo provato. Eravamo campioni del football e avevamo ragazze che bussavano alla nostra porta, ma non c'era mai quella giusta. Erano sempre più attaccati a uno di noi più che all'altro, oppure non volevano farlo a tempo pieno. Per loro era una fantasia, un fatto unico. Eravamo uno spettacolo circense e loro volevano solo il loro turno allo spettacolo strano. Dopo un paio di volte abbiamo odiato come ci sentivamo e abbiamo deciso di non farlo più. Non finché non abbiamo trovato qualcuno che ci voleva entrambi e che era in questa situazione per un lungo periodo. Cercare di dividerci ha danneggiato la nostra relazione e abbiamo imparato che non eravamo disposti ad accontentarci.

Esco dalla doccia e mi asciugo mentre vado al lavandino e prendo il rasoio. Abbasso lo sguardo e vedo che la lama è smussata, quindi vado dall'altra parte del lavandino e prendo quella di Bruno. Condividiamo il bagno e la camera da letto, proprio come facevamo al college. La nostra mamma dice che dobbiamo essere stati gemelli siamesi in una vita passata e non siamo in disaccordo. Se non siamo nella stessa stanza, di solito andiamo a cercare l'altra così possiamo uscire insieme. Alcune persone potrebbero trovarlo strano, ma di solito manteniamo privata la nostra vita privata.

Bussano alla porta e attraverso la camera da letto vado in soggiorno per vedere Bruno aprire la porta. Cassie ed Emma entrano e io annuisco in segno di saluto prima di tornare in bagno. Cassie è la sorella maggiore di Bruno ed Emma è la sua sorella minore. Anche loro sono mie sorelle, a tutti gli effetti, e sono in città per il fine settimana.

Conoscono la nostra situazione abitativa, essendo cresciuti con noi due sempre insieme. Immagino che ripensandoci, potrebbe sembrare strano agli estranei, ma nella nostra famiglia è proprio così. Sono stato davvero fortunato che la famiglia di Bruno mi abbia accolto e non mi abbia mai fatto sentire diverso.

Cassie entra in bagno e apre gli armadietti sotto il lavandino. "Ragazzi, avete degli assorbenti?"

"No", dico, mentre mi sciacquo la faccia e vado nell'armadio della camera da letto. Emma entra in camera da letto seguita da Bruno.

"Ragazzi, non avete ancora avuto una ragazza in questo posto. Comunque, stasera ne prenderò un po' mentre esco», sento dire Cassie dal bagno.

"Niente ragazze. Ma penso che abbiamo trovato quello giusto", dice Bruno, cadendo sul letto e sdraiandosi. Esso.

"Che cosa!?" le nostre sorelle strillano allo stesso tempo.

Chiudo la porta dell'armadio e mi vesto, ma sento Bruno che borbotta loro. Sta raccontando loro di Kataliya e del nostro volo di ritorno.

Catalizzatore.

Mi stropiccio gli occhi e faccio un respiro profondo. Non ne abbiamo parlato al nostro ritorno. Sapevo sempre cosa pensava Bruno senza dover dire una parola. Pensa e pianifica sempre. Lei è quella. Aspettiamo da anni pensando di poter sapere quando sarebbe arrivato il momento. Si scopre che avevamo ragione.

Mi metto un paio di jeans e una polo prima di uscire dall'armadio. Bruno è sdraiato sul letto su misura che avevamo realizzato quando abbiamo comprato la casa. Lo condividiamo, ma è abbastanza grande da potermi rotolare tre volte senza toccarlo.

Cassie ed Emma sono sedute alla fine e pendono da ogni parola che dice.

"Non ho comprato quella maglietta per Bruno?" chiede Emma scuotendo la testa.

"Mi sta meglio", dico mentre la stoffa mi si allunga sul petto.

«Quindi l'hai trovata», dice Cassie, sorridendo da un orecchio all'altro. "Non vedo l'ora di incontrarla."

"Non l'abbiamo nemmeno incontrata", dice Bruno, e io infilo le mani in tasca. "È complicato, ma lei è tutto."

"Klivens?" chiede Emma, aspettando la mia conferma.

Annuisco e lei fa un piccolo applauso di gioia eccitata mentre rimbalza sull'estremità del letto.

"Dovremmo festeggiare. Ragazzi, avete qualcosa da mangiare?" dice Cassie mentre si alza e si dirige verso la cucina.

Abbiamo una nutrizionista che rifornisce il nostro frigorifero due volte a settimana, quindi sa bene che abbiamo del cibo lì dentro. Cassie è come noi quando si tratta di cibo e non sta più di un'ora senza uno spuntino.

Andiamo tutti in cucina e io prendo un sorso d'acqua mentre Bruno ed Emma preparano da mangiare. Dopo circa un'ora Cassie ci dice che lei ed Emma andranno in un club, qualcosa che fanno spesso quando vengono a Las Vegas per vederci.

"Sono fuori", dico, e tutti e tre alzano gli occhi al cielo.

"Lo sappiamo", dice Emma, e lei e Bruno ridono.

Il telefono di Bruno suona e lui fruga nella tasca per afferrarlo. Prendo un sorso d'acqua, ma sento che l'energia nella stanza cambia. Lo guardo e lo guardo diventare bianco.

"Che cos'è?" chiedo, e sono subito accanto a lui.

Non parla, si limita a girare il telefono verso di me. Sullo schermo c'è una foto di Nelson e Kataliya insieme in un club di Las Vegas, loro due che ridono e si tengono da bere. C'è un altro suono ed è un messaggio di Nelson.

Nelson: Vi state perdendo qualcosa

Bruno stringe il telefono così forte che penso che lo schermo potrebbe frantumarsi. Di solito sono io quello con problemi di gestione della rabbia, ma non oggi. Gli prendo il telefono dalle mani e gli rispondo.

Bruno: Dove sei?

Nelson: The Strip...vieni a trovarci!

Ringhio mentre restituisco il telefono a Bruno, ma prima che possa prenderlo Cassie glielo strappa di mano.

"Sembra che Nelson abbia qualcosa che desideri", dice, mostrandolo a Emma. "Sono al Viper."

"Come fai a sapere?" chiedo, e lei alza gli occhi al cielo.

"Andiamo o no?" dice Cassie, guardando prima me e Bruno.

Non abbiamo nemmeno bisogno di parlare per conoscere la risposta a questa domanda. Siamo già in movimento quando lei ha finito di chiederlo.

capitolo 4

Bruno

Quando arriviamo al Viper camminiamo proprio davanti alla fila e il buttafuori apre la corda di velluto. Gli faccio un cenno e gli passo dei soldi, e Klivens, Cassie, Emma e io ci facciamo strada tra la folla. Guido il gruppo e mi dirigo verso il retro verso la sala VIP. Se Nelson è qui, sarà lì.

Quando arriviamo al buttafuori successivo, lui si fa da parte e ci stringe la mano, accogliendoci e offrendoci il servizio di bottiglia. Io e Klivens rifiutiamo perché non beviamo. Nemmeno in bassa stagione. Cassie ed Emma iniziano immediatamente a ordinare da bere quando una cameriera si avvicina a noi. Sto esaminando la stanza e sento Klivens accanto a me che fa lo stesso.

"Là!" grida sopra la musica e indica il retro dove si trova la cabina del DJ.

Nelson è in cima con le cuffie e punta il dito verso la folla. I running back sono sempre delle esibizioni. Mi guardo ancora intorno ma non vedo Kataliya da nessuna parte.

"Cazzo", mormoro mentre ci avviciniamo.

Quando arriviamo alla cabina, Nelson ci vede e per un secondo ride, poi, quando vede la nostra reazione, molla il sorriso ed esce dalla cabina del DJ.

"Sapevo che avrei potuto convincervi a co..."

"Dov'è lei?" Io e Klivens diciamo esattamente nello stesso momento.

Normalmente Klivens è quello scontroso mentre io sono il comico, ma in questo momento abbiamo entrambi lo stesso obiettivo. Per trovare Kataliya e portarla via da questo posto.

Lungo la strada, Cassie ed Emma ci hanno raccontato tutto del Viper e che tipo di celebrità vengono qui. È uno dei club più alla moda di Las Vegas in questo momento, e ci sono un sacco di persone qui che di sicuro non vogliamo intorno a quello che è nostro.

"Calmati, è andata in bagno", dice Nelson, alzando le mani.

Lui guarda oltre me, sorridendo e facendo l'occhiolino. Mi guardo alle spalle e vedo Cassie che gli offre un drink e poi gli fa l'occhiolino.

"Stai lontano da mia sorella", ordina Klivens prima che ci giriamo e andiamo verso i bagni.

Vedo Cassie alzare le spalle mentre si avvicina a Nelson e lo abbraccia. Si sono incontrati un paio di volte quando le mie sorelle venivano a trovarmi, ma non ci ho mai pensato niente. Ora mi chiedo quanto bene si conoscano. Emma sta ballando con uno dei nostri ragazzi, Linsley, e io gli lancio uno sguardo che gli dice di prendersi cura di lei. Lui annuisce mentre cambia il suo drink con l'acqua e continua a ballare. Lui ed Emma di solito escono quando siamo tutti insieme, ma lei dice che non è interessata. Non vuole uscire con un atleta, cosa che personalmente trovo offensiva. Ma comunque, adesso ha ventuno anni e può prendere le sue decisioni.

Io e Klivens non abbiamo problemi se Emma esce con Linsley, è un bravo ragazzo di buona famiglia e non beve né fa feste. In realtà sono scioccato che sia qui stasera, ma quando mi guardo intorno vedo che la maggior parte della squadra lo è. Nelson, d'altra parte, è un giocatore, e Cassie lo sa dannatamente bene. È troppo buona per lui, ma non posso dire a mia sorella maggiore cosa fare.

La mia famiglia è molto unita, quindi sono sicuro che scoprirò esattamente cosa sta succedendo abbastanza presto, ma per ora ho cose più grandi su cui concentrarmi, ed è a forma di clessidra con la pelle morbida come la seta .

Quando raggiungo il bagno delle donne c'è una lunga fila. Scioccante. Io e Klivens andiamo alla porta e ci sono alcuni fischi mentre andiamo. Li ignoriamo ed entriamo. All'interno ci sono tre bancarelle con una decina di donne in piedi davanti allo specchio. Mi guardo intorno e non la vedo, quindi decido di provare il piano B.

"Ehi! Kataliya, sei qui, tesoro?" Grido sopra la musica e il rumore.

Nel bagno scoppia una raffica di risatine e io alzo gli occhi al cielo. Dopo un secondo senza che nessuno risponda decido di provare in un altro modo.

"Chiamata Kataliya Green! Hai dieci secondi per tirare fuori il fondoschiena da questo bagno prima che io e Klivens entriamo a prenderti!»

All'improvviso una delle porte si spalanca e lei esce guardandomi accigliata, arrabbiata da morire. Le ragazze nel bagno iniziano ad esultare e la sua faccia diventa rossa. Si avvicina al lavandino e si lava con calma le mani prima di prendere un tovagliolo di carta e asciugarle. Raddrizza le spalle e marcia verso il punto in cui ci troviamo, ma invece di arrivare dove siamo, mi spinge oltre, dandomi una gomitata di lato mentre va.

"Gahh", grido mentre mi afferro al fianco. Sento Klivens ridacchiare accanto a me mentre la guardiamo tornare nella zona VIP. "Cosa ho fatto di sbagliato?"

"Sei un idiota", dice Klivens.

"Un idiota che la porterà a tornare a casa con noi", dico, e la inseguo.

Capitolo 5

Catalizzatore

Faccio un respiro profondo, cercando di ricompormi. Mi sono divertito parecchio da quando sono arrivato qui. Dopo qualche drink e perdendomi nella musica potrei dimenticarmi di Klivens e Bruno. Ok, non dimenticarlo, ma non stavano inondando i miei pensieri con quello che avrebbero potuto fare con quelle ragazze che avevano fatto entrare in casa loro.

Un nodo mi riempie nuovamente lo stomaco ripensandoci. Li ho visti entrare tutti e quattro insieme. Era difficile non notarli. Non solo per le loro dimensioni, ma perché tutti si voltavano a guardarli mentre entravano e si muovevano nel locale. Un gruppo di persone ha gridato i loro nomi e ha fatto il tifo per loro. I miei occhi si riempirono di lacrime vedendole con le altre donne e sapevo che dovevo rimettermi in sesto. Il posto più sicuro era il bagno. Non vorrei far loro sapere che mi ha dato fastidio perché devo lavorare con questi due. Ma la mia fuga dal bagno fu di breve durata.

Perché erano già in quel dannato bagno a cercarmi, tanto per cominciare? Mi faccio strada tra la folla, vedendo che il club è diventato più affollato da quando siamo arrivati. Le persone sono ovunque, rendendo difficile spostarsi. Mi sento schiacciato, ma devo uscire di qui.

Proprio quando mi sento frustrato, le persone improvvisamente iniziano ad allontanarsi da me da sole. Quando sento calore alle spalle, so perché. Non devo nemmeno voltarmi per sapere che sono entrambi accaldati sul mio "fondo di mela". Dio mi aiuti, il promemoria mi fa aggiungere un po' di movimento ai miei passi mentre cammino. Non so se è colpa mia o dell'alcol che mi nuota nel corpo.

Vedo Nelson al tavolo dove ci ha preso prima, insieme ad alcuni altri giocatori della squadra. Me ne aveva già presentati molti e tutti erano stati gentili. Sono stato felice di incontrare alcuni di loro fuori dall'ambiente di lavoro. Non volevo essere etichettata semplicemente come la figlia del capo. Voglio che mi vedano come qualcosa di più e voglio che piaccio a tutti. Forse è qualcosa che ho ereditato da mia madre e non so se sia un bene o un male. Non sono abituato a stare con così tanti uomini.

Nelson sta versando dei bicchierini quando mi avvicino al tavolo. Noto che una delle ragazze con cui sono venuti Klivens e Bruno è in piedi accanto a lui. Lei è bellissima. Ha i capelli biondo sporco che le ricadono sulle spalle in lunghe onde. Indossa un vestito nero attillato e tacchi che devono essere almeno cinque pollici, che le danno l'altezza di una top model. Dondola a ritmo di musica e fa rimbalzare i suoi capelli ad ogni movimento. Non è solo carina, è sexy. Non mi sono mai considerata sexy. Sono stato definito carino e adorabile, ma non sexy. In effetti, il vestito che indosso stasera è la cosa più sexy che possiedo e sembra trasandato rispetto a quello che indossa lei.

Lo sguardo di Nelson è sulla donna. Devo trattenere uno sbuffo mentre lo guardo versare i bicchierini che sta versando perché non riesce a staccare gli occhi da lei.

"Nelson!" Sento Klivens abbaiare dietro di me, abbastanza forte da essere udito sopra la musica.

Mi fa saltare e inciampo nei miei tacchi bassi. Mani calde mi prendono prima che cada a terra. Non sono sicuro di chi siano, ma cerco di liberarmi dalla presa. Le mani si limitano a stringersi e le dita affondano nei miei fianchi in una presa possessiva.

«Lasciami andare» mormoro, ma poi mi blocco quando le labbra si avvicinano al mio orecchio.

"Bruno aveva ragione. Sei ancora più tenero di quanto sembri.

Sento le labbra di Klivens dietro il mio orecchio e ogni cellula del mio corpo è in massima allerta.

Nelson e l'altra donna ci stanno fissando. Nelson ha un sorriso arrogante sulle labbra, mentre la bocca della ragazza ha formato una perfetta O. Immagino che sia incazzata perché uno di questi due uomini è suo e sono entrambi con me per qualche motivo.

La mano di Klivens scivola dal mio fianco al mio stomaco e si avvolge attorno a me. Vado nel panico, uso il gomito e torno indietro con forza. Klivens emette un piccolo grugnito e io sibilo. È come sbattere contro un dannato muro e mi chiedo se ho fatto più danni a me stesso che a lui.

Klivens mi lascia andare e io sfuggo alla sua presa, spaventato che possa provare ad afferrarmi di nuovo. Vado direttamente da Nelson e prendo uno dei bicchierini sul tavolo. Lo butto indietro e un sapore aspro e amaro mi riempie la bocca. Ne prendo un altro e rispondo anche a quello.

Un caldo ronzio scorre attraverso il mio corpo e cerco di ignorarne il gusto. Non ho mai bevuto davvero prima e non so cosa mi farà. Ho bevuto qualche bicchiere di champagne agli eventi a cui mia madre mi ha portato, e ogni tanto ho sorseggiato un bicchiere di vino rosso quando ero fuori a cena, ma questo sembra diverso.

Prima che mi renda conto di cosa sta succedendo, il bicchierino mi lascia la mano mentre Bruno me lo prende. Lo lascia cadere sul tavolo e lancia a Nelson uno sguardo duro.

Distolgo lo sguardo da Bruno per guardare Nelson, che abbraccia la donna. Lui alza gli occhi al cielo e lascia cadere il braccio attorno a lei nello stesso momento in cui Bruno mette le sue braccia intorno a me. Sento Klivens alle mie spalle, il calore del suo corpo familiare e forte.

Mi abbasso leggermente per liberarmi dal braccio di Bruno, poi mi giro a guardarli entrambi. Sono come un muro umano che occupa tutto lo spazio davanti a me poiché entrambi hanno le braccia incrociate sul petto. Sembra che potrebbero essere i buttafuori di questo club. Devo inclinare completamente la testa all'indietro anche solo per stabilire un contatto visivo con loro.

Metto le mani sui fianchi e raddrizzo le spalle. "Tenete le mani lontano da me", grido a entrambi. Bruno sorride, dandomi quella fossetta, e il volto di Klivens è illeggibile. Sono abbastanza sicuro che stia lottando contro un sorriso, il che è irritante. Un piccolo ringhio mi lascia, e il sorrisetto con cui Klivens sta combattendo si libera. Dio, è ancora più bello quando sorride. Voglio togliere gli sguardi dalle loro facce.

"Non succederà", dice Bruno.

"NO."

Ovviamente la risposta di Klivens è solo una parola grugnita.

"È tua?" Li guardo entrambi. Klivens annuisce e Bruno risponde affermativamente.

Rimango lì scioccato per un momento. "Tipo, la condividi? Tra voi due?"

Mi sento arrossire e distolgo lo sguardo da loro. Sono sicuro che la mia sorpresa sia visibile su tutta la mia faccia. Poi la gelosia mi travolge. Non dovrei essere scioccato dal fatto che qualcuno carino come lei possa averli entrambi. Li guardo e sembra che mi stiano studiando. "Non importa. Non rispondere." Agito la mano davanti a me. Non voglio sapere della loro vita sessuale. Ciò che ho già iniziato a mettere insieme mi sta lacerando il cuore con sentimenti che non capisco. Voglio che siano miei. Appartenere a entrambi e far sì che appartengano a me.

Torno al tavolo. Nelson ha un shot in mano e sta per prenderlo, ma glielo sfido.

"Catalizzatore."

Ignoro la voce mentre rilancio il tiro e sento il bruciore, felice di concentrarmi su qualcos'altro in questo momento oltre alla mia gelosia.

"Voglio ballare?" chiede la donna.

Ha una fossetta sulla guancia e il suo sorriso è amichevole. Lei si rivolge a me e, anche se non voglio piacermi, non ho un vero motivo per non farlo. Sono sorpreso che non mi stia sparando pugnali.

"Sì," dico e le prendo la mano.

"Cassie, non sta ballando", le dice Bruno.

"Farò quello che voglio", gli rispondo. Sorrido quando vedo che non indossano più quei sorrisi.

"Forse dovreste restare tutti qui nell'area VIP e semplicemente uscire", dice Nelson a Cassie. Si lecca le labbra mentre i suoi occhi vagano su di lei. È chiaramente innamorato. Non pensavo che Nelson fosse il tipo che si innamora di una donna. Mi sembrava un giocatore.

Cassie alza gli occhi al cielo. "Non ci siamo vestiti tutti in ghingheri per niente." Mi tira la mano.

"Cassie", ringhia Klivens.

"Ignorali. Questo è quello che faccio quando cercano di comandarmi. Mi fa l'occhiolino.

Mi mordo il labbro per trattenermi dal dirle che non mi dispiacerebbe essere comandato da loro se ne avessi la possibilità. Anche se dopo stasera so che non vorrei appartenere a loro. Chiaramente non hanno problemi a passare da una donna all'altra proprio di fronte a una.

Mentre Cassie mi trascina tra la folla, la mia mente inizia a vagare. Forse sono venuti qui per me perché mio padre ha chiesto loro di tenermi d'occhio o qualcosa del genere? Forse è per questo che mi cercavano e non sono i giocatori che penso che siano.

Il mio collo pizzica nel punto in cui Klivens ha appoggiato le labbra, ricordandomi che probabilmente mi sbaglio. Non posso credere che sto cercando di trovare delle scuse per loro. Odio semplicemente l'idea che i due uomini che muoio dalla voglia di incontrare da anni possano essere squallidi cretini.

Vedo l'altra donna con cui sono venuti ballare con Linsley quando arriviamo alla pista da ballo principale. L'ho incontrato la prima volta che siamo arrivati al club. Era davvero gentile e aveva alcune delle migliori maniere che avessi mai visto. La tiene stretta mentre si muovono insieme.

"Quella è mia sorella, Emma", grida Cassie sopra la musica. Annuisco e inizio a ballare.

Mi perdo nella musica per un po', ma riesco a sentire gli occhi puntati su di me. Ogni volta che alzo lo sguardo vedo Bruno, Klivens e

Nelson che stanno tutti fissando me e Cassie. Non riesco a trattenermi dal lanciargli occhiate di tanto in tanto.

"Ho bisogno di un drink!" Cassie grida dopo alcune canzoni. Mi prende la mano e mi trascina giù dalla pista da ballo.

"Mossa!" urla agli uomini e loro si fanno da parte. Andiamo al nostro tavolo e facciamo un altro giro di shot e drink prima di ballare di nuovo.

Bruno e Klivens continuano a mettermi bottiglie d'acqua in mano mentre la notte avanza. Li butto giù perché la danza mi fa venire sete. Cerco di mantenermi a distanza da loro il meglio che posso, ma ogni volta che mi giro li incontro. Sono come ombre giganti. Per quanto io voglia caderci dentro, mi piace Cassie e non farei mai una cosa del genere a un'altra donna.

Non sono sicura che Nelson abbia il mio stesso codice, perché sta chiaramente cercando di attirare l'attenzione di Cassie.

Dopo qualche ora mi siedo su uno dei divani della zona VIP. Penso che la mia notte stia per finire. I miei occhi sono pesanti. Bruno e Klivens si siedono entrambi accanto a me, uno su ciascun lato. Sento i miei occhi diventare pesanti mentre la stanchezza e l'alcol cercano di trascinarmi giù.

«Chiudo gli occhi per un momento» mormoro.

La mia testa cade sulla spalla di Bruno e sento la mano di Klivens sulla mia coscia. Il suo dito mi accarezza avanti e indietro, il tocco mi calma e mi fa sentire ancora più assonnato.

"Ti abbiamo preso."

Questa è l'ultima cosa che ricordo prima di spararmi a letto. Mi guardo intorno, senza avere idea di dove mi trovo, ma capisco subito con chi sono. Da una parte c'è Klivens e dall'altra Bruno. La luce del sole entra dalle finestre dal pavimento al soffitto e mi rendo conto di essere al loro posto. Nel loro letto gigantesco.

Deglutisco, cercando di ricordare come sono arrivato qui, ma è tutto vuoto. Niente.

Indosso ancora il vestito che indossavo la sera prima, ma Klivens e Bruno sono entrambi a torso nudo. Chiudo gli occhi e li riapro per assicurarmi di non stare sognando.

No. Ancora qui.

Provo a darmi un pizzicotto, ma questo mi brucia e non cambia ciò che mi circonda. Le mie mani non vedono l'ora di allungarle e toccarle entrambe. Vorrei far scorrere le dita lungo i loro petti, ma scuoto la testa e riesco a riprendere il controllo.

Mi sposto leggermente e mi rendo conto che mi stanno afferrando ciascuno una coscia. Alzo un po' la coperta e confermo con gli occhi. Non c'è tenerezza tra le mie gambe, quindi non credo che sia successo nulla. Lentamente, libero le cosce dalla loro presa e devo trattenere uno sbuffo quando Klivens grugnisce.

Quando sono finalmente libero, scivolo ai piedi del letto. Vedendo le mie scarpe e la mia borsa nelle vicinanze, le afferro prima di lasciare la loro stanza. Mi chiedo dove sia Cassie? Mi sento un idiota. Come sono finita a letto con i suoi uomini? Mi sento il cuore pesante e non sono sicuro se sia il senso di colpa per Cassie o lo sconforto per il fatto che appartengano a qualcun altro. Come potrebbero portarmi ancora nel loro letto mentre hanno qualcuno? Non è quello che pensavo fossero.

La mia domanda su dove sia andata Cassie trova risposta quando entro nel soggiorno. La vedo muoversi in cucina. La donna che ha detto essere sua sorella è seduta al bancone della colazione.

«Ciao», cinguetta Cassie, voltandosi a guardarmi, con la spatola in mano.

"EHI." La mia faccia brucia per l'imbarazzo, ma lei non sembra arrabbiata con me per qualche strana ragione. "Mi dispiace per ieri sera."

«Niente di cui dispiacersi.» Le sue sopracciglia si uniscono in confusione.

Forse hanno una relazione aperta o qualcosa del genere.

"Sto preparando la colazione. Vuoi unirti a noi?" lei chiede.

"Ho davvero bisogno di andare", le dico. Lei guarda in fondo al corridoio da dove vengo.

"I ragazzi sanno che stai partendo?"

Sua sorella ha un sorrisetto stampato in faccia, ma non ho idea di cosa stia succedendo qui. Inoltre, come si potrebbero chiamare quei due "ragazzi"?

"Fallo sapere per me", mi affretto a dire mentre mi dirigo verso la porta d'ingresso.

"Kataliya." La sento chiamarmi dietro, ma ho già la porta aperta.

"Dopo!" grido mentre mi precipito fuori dalla porta.

Frugo nella borsa, cerco le chiavi, e mi ci vuole un secondo per trovarle e farle scivolare nella porta. Riesco a malapena ad aprirla prima di sentire gridare di nuovo il mio nome. Questa volta è più forte e proviene da quelli che sembrano due uomini molto arrabbiati. Riesco a chiudere a chiave la porta proprio prima che inizino i colpi.

Capitolo 6

Bruno

"Continui a bussare alla porta in quel modo ed è un modo sicuro per convincerla a tenerla chiusa."

Mi giro, sorpreso di vedere Emma dietro di noi. Ha le braccia incrociate e ci fissa come se fossimo degli idioti.

"Dalle un secondo. Si è appena svegliata in un posto strano con due uomini strani.

"Non siamo strani", dico sulla difensiva.

"Okay, che ne dici di intimidirlo?" lei rivede.

Guardo Klivens, che alza le spalle come se avesse ragione, e scuoto la testa. Tornando alla porta di Kataliya, vi metto sopra la mano e cerco di sembrare calma.

"Ehi, ci dispiace di averti spaventato. Vieni a fare colazione con noi. Potrai incontrare le nostre sorelle e mangiare qualcosa".

"Sorelle?" Sento un cigolio soffocato dall'altra parte della porta.

"Sì, Cassie ed Emma", dico, aspettando che lei apra la porta. Ma dopo qualche istante non succede nulla.

"Vi avevo detto di darle un po' di spazio", dice Emma, alzando le mani e tornando a casa nostra.

«Volevamo solo assicurarci che tu tornassi a casa sano e salvo ieri sera. Non è successo niente. Se apri la porta, ti prometto che terrò le mani a posto."

"Bugiardo", dicono Kataliya e Klivens esattamente nello stesso momento.

Sorrido e faccio l'occhiolino a Klivens. Sto mentendo totalmente, ma voglio convincerla ad aprire la porta.

"Prendiamo un caffè", dice Klivens, e la serratura della porta scatta.

Dopo un secondo la porta si apre e i suoi morbidi occhi castani fanno capolino. "Caffè?"

Mi sento subito sollevato quando posso posare di nuovo gli occhi su di lei. Quando ci vede i suoi occhi si spostano sui nostri petti nudi e ci vuole tutta la mia moderazione per non flettermi per lei. Voglio che pensi che sto bene senza maglietta.

"Caffè", conferma Klivens e annuisce.

È sempre stato un uomo di poche parole finché non lo conosci davvero. Poi parla ancora un po', ma arriva sempre al nocciolo della questione.

"Va bene, ma lasciami cambiare", dice, guardando di nuovo i nostri corpi su e giù.

Cazzo, diventerò duro con i suoi occhi puntati su di me, e questi joggers grigi non faranno nulla per nasconderlo.

"Hai tre minuti", dico.

"Verrò quando avrò finito", promette, ma io scuoto la testa.

"Erano in attesa. Adesso hai due minuti e cinquantadue secondi.»

"Eeeek!" Sbatte la porta.

Sento forti rumori provenire dall'altra parte della porta e guardo Klivens, che alza le spalle. In realtà non conto i secondi, volevo solo che ci prendesse sul serio.

Dopo quelli che devono essere tre minuti, apre la porta ed è bellissima come la notte scorsa. I suoi capelli biondi sono raccolti in uno chignon disordinato e indossa una felpa corta e pantaloni da jogging bassi. La fascia di pelle che si vede sulla sua pancia è quasi sufficiente a farmi cadere in ginocchio solo per poterne annusare.

"Maledizione", mormora Klivens accanto a me, e questa volta sono io quello senza parole.

"Qualcuno ha parlato di caffè." Lei sorride e mi colpisce dritto al petto.

Mi schiarisco la gola mentre attraversiamo il corridoio ed entriamo in casa nostra. Chiudo saldamente la porta dietro di lei e apro la serratura. Non voglio che se ne vada di nuovo così facilmente.

Quando entriamo in cucina, Emma e Cassie stanno preparando il cibo. Kataliya li segue nella sala da pranzo, e Klivens e io ci sediamo ai suoi lati.

"Questo è un sacco di cibo", dice Kataliya, con gli occhi spalancati mentre fissa il tavolo.

"Stiamo crescendo, ragazzi", dico e le faccio l'occhiolino. Le sue guance si arrossano leggermente e si concentra sul tovagliolo che ha in grembo.

"Là. Penso che sia tutto", dice Emma, posando il caffè sul tavolo. "Ragazzi, vi divertite."

"Aspetta, voi due ve ne andate?" dice Kataliya a lei e Cassie.

Cassie prende la borsa dal bancone della cucina e se la mette in spalla. "Sì, io e Emma viviamo a Los Angeles. Veniamo a trovare i nostri fratelli quando abbiamo un fine settimana libero allo stesso tempo. Questa è stata solo una breve visita per congratularsi per un'altra grande stagione". Guarda Emma, anche lei ha una borsa da viaggio sulla spalla. "Sei pronto?"

"Sì. Grazie ancora per la serata divertente. È stato davvero bello conoscerti, Kataliya. Spero che ti vedremo molto di più.

I due sorridono e salutano mentre se ne vanno. Quando la porta scatta, siamo finalmente soli e l'eccitazione mi assale.

"Quindi sono le tue sorelle?" chiede, senza guardare nessuno di noi due.

Klivens prende il caffè e gliene versa un po' mentre io prendo il suo piatto e inizio a riempirlo di cibo.

"SÌ. Ora, vorresti spiegarci perché stamattina ci hai abbandonato?" Chiedo.

"Uhm." Dà un grosso morso alle uova. Sta prendendo tempo.

"Stavi cercando di allontanarti da noi?" chiede Klivens. La sua voce è cambiata e posso dire che anche lui è emozionato. La donna che entrambi stavamo aspettando è tra noi in questo momento.

"Non necessariamente", dice lei, ed entrambi aspettiamo che lei chiarisca. "Ricordo solo di essere stato al club e poi nient'altro dopo. Mi sono svegliato in uno strano letto con due uomini che non conosco e non ero sicuro di cosa fosse successo. Una donna non può avere un secondo per riunire i suoi pensieri?

"Ci piace coccolarci", dico, allungando la mano e sistemandole un capello sciolto dietro l'orecchio in modo da poter vedere meglio il suo viso.

"Oh", dice, e il colore delle sue guance si intensifica. "Fai? Ehm, voglio dire, voi due, um... vi coccolate l'uno con l'altro?"

Scoppio in una risata per il modo in cui sta formulando la domanda. "Io e Klivens dormiamo nello stesso letto, ma no, non ci coccoliamo l'uno con l'altro. Abbiamo un legame davvero forte. Uno che speriamo di condividere con voi un giorno.

Alza la testa di scatto per guardarmi, e i suoi dolci occhi castani sono pieni di altre domande dopo la mia audace affermazione.

"Non mi conosci nemmeno", sussurra, poi distoglie lo sguardo.

"Ci piacerebbe conoscerti", dico.

Beve un sorso di caffè e aspetto che decida cosa chiederà dopo. Posso praticamente vedere le ruote girare nel suo cervello.

"Vivi qui da molto?"

"Ci siamo trasferiti un paio di anni fa quando siamo stati arruolati a Las Vegas. Io e Klivens abbiamo una stanza in più in cui alloggia la nostra famiglia quando vengono a trovarci, ma per il resto ci piace condurre una vita tranquilla. Siamo persone casalinghe che tendono a passare le serate giocando ai videogiochi o guardando Netflix". Mi fa un piccolo sorriso e posso vedere un po' della paura nel suo corpo scivolare via. "Klivens è anche un ottimo cuoco e mi piace mangiare."

"Cucini?" chiede, rivolgendosi a Klivens.

Si asciuga la bocca e annuisce. "Ho seguito alcuni corsi al college." Alza le spalle come se non fosse della qualità di Iron Chef.

"Qui trascorriamo anche molto del nostro tempo in palestra. Probabilmente lo faremo prima o poi oggi, se vuoi venire con noi. Il pensiero di Kataliya sudata e chinata mi riempie la mente e mi lecco le labbra. Scommetto che avrebbe un sapore così buono.

"Ho sentito che c'era una spa", dice e si appoggia allo schienale della sedia. "Mi farebbe bene un massaggio dopo ieri sera."

Incrocio gli occhi con Klivens e vedo che stiamo entrambi pensando la stessa cosa. Vogliamo essere noi a oliarla. Il pensiero che uno sconosciuto le metta le mani addosso... sì, non succederà.

"Sei dolorante per ieri sera?" chiede Klivens, e so che lo sta facendo per cambiare argomento dalla spa a noi.

"Un po'", dice arrossendo. «Immagino che sia stato a causa della danza. Non è successo niente, vero? Hai detto che ci siamo solo coccolati."

"Esatto", dico. "Klivens ti ha portato dentro e io ti ho messo nel nostro letto. Abbiamo tenuto i pantaloni. Tutti noi."

"Ma abbiamo dormito tutti insieme?" Guarda Klivens, che annuisce.

"Quindi uscite con donne insieme, o come funziona?"
Eccola, la domanda che voleva porre.

"Non siamo mai usciti con nessuno a lungo termine prima. Ma questa è l'idea. Una donna per noi due», dico, cercando di essere il più aperto e onesto possibile con lei. Voglio che funzioni e non voglio spaventarla. Fornirle tutti i fatti in anticipo dovrebbe aiutarla.

Apre la bocca per parlare, ma viene interrotta dallo squillo del telefono. È sul tavolo di fronte a lei e abbasso lo sguardo per vedere papà sullo schermo. Mi si arrabbia e anche se non dovrei essere arrabbiata, perché è suo padre, sono infastidita da qualsiasi cosa ci rubi tempo.

"Scusatemi", dice, alzandosi e prendendo il telefono. "Ehi, papà, che succede?"

Guardo Klivens e lui scuote leggermente la testa, dicendomi di stare calmo e di non seguirla. Entra nel soggiorno e possiamo ancora vederla da dove ci troviamo. Riesco persino a distinguere parte della sua conversazione, anche se sta cercando di rimanere in silenzio.

"Sì, alcune scatole, ma non avevo realizzato di averne così tante." C'è un po' di silenzio e poi la sento di nuovo. "Non posso stasera. Ho dei piani. Certo, posso farlo. Ok, ci vediamo tra un po.'"

"Piani?" Me lo chiede Klivens e io alzo le spalle, ne so tanto quanto lui.

"Sì, sembra perfetto. Anch'io ti amo. Ciao."

Kataliya si avvicina a noi ma non si siede. "Grazie mille a entrambi per la colazione, ma devo andare."

"Perché?" chiede Klivens, come se avesse tutto il diritto di sapere.

«Mio padre ha bisogno che io esamini alcune cose prima di domani. È il mio primo giorno di lavoro", risponde, e posso vedere quanto sia emozionata. Sembra così felice.

"Quindi ci vediamo stasera?" chiedo, sperando che siamo noi i piani di cui parlava.

"Io, ehm, non credo di poterlo fare stasera, ma forse domani." Si dirige verso la porta, e io e Klivens le siamo alle calcagna. "Ragazzi, non sfonderete la mia porta, vero?"

Si morde il labbro e guarda avanti e indietro noi due. Voglio prenderla in braccio e metterla contro il muro.

"Non adesso. Ma quando sarai di nuovo nel nostro letto, sarà meglio che il tuo culetto rimanga lì," dice Klivens e si china, dandole un bacio veloce e dolce.

Quando la lascia, faccio lo stesso, sentendo il tocco delicato delle sue labbra contro le mie. Non è lungo quanto vorrei, e dannatamente non è abbastanza profondo, ma per ora è quello che le daremo.

"Non scappare da noi", dico, tenendole il mento e costringendola a guardarmi negli occhi.

Dopo un momento lei annuisce e poi faccio un passo indietro per lasciarla uscire dalla porta e attraversare il corridoio. La guardiamo entrare al suo posto e ci guardiamo ancora una volta prima di chiudere la porta. Dopo chiudo il nostro e guardo Klivens.

"Faresti meglio a sapere cosa stai facendo", dice mentre si gira e torna al tavolo della sala da pranzo.

"Anch'io", mormoro tra me e me prima di unirmi a lui.

Capitolo 7

Catalizzatore

Taglio il panino a metà e lo faccio scivolare sul bancone verso mio padre.

"Mi dirai perché sei tutto agghindato adesso?"

"Non sono del tutto agghindato", dico sulla difensiva, guardandomi. Indosso pantaloni da yoga e una maglietta ampia e sono a piedi nudi.

Mio padre alza un sopracciglio. "I tuoi capelli e il tuo viso."

"OH."

Mio padre non è arrivato qui fino al tardo pomeriggio. Volevo tenermi occupata, quindi ho fatto un lungo bagno, poi ho dedicato più tempo ai capelli, alle unghie e al trucco. Sapevo che avrei tagliato il traguardo tra la presenza di mio padre qui e i piani che avevo fatto per stasera. Ho già scelto un vestito e delle scarpe da indossare così potrò vestirmi velocemente quando mio padre se ne andrà. Apparentemente non sono così intelligente come pensavo. Non sto nemmeno cercando di vestirmi bene per il mio appuntamento, più che altro mi tengo occupata così smetterò di pensare ai due uomini della porta accanto.

"Potrei avere un appuntamento." Alzo le spalle e ora entrambe le sue sopracciglia si alzano. "Voglio dire, è una specie di appuntamento. Io no... non è niente di speciale." Alzo le mani in aria.

Papà mi sorride. "Con?"

Prendo il telefono dal bancone della cucina e prendo il profilo del ragazzo per mostrarglielo. Mio padre lo scannerizza prima di restituirmi il telefono. "É un dottore."

Annuisco.

"Non mi piace."

Alzo gli occhi al cielo. "Come può non piacerti? Non l'hai incontrato. I papà non dovrebbero volere che le loro figlie escano con i medici?

"Un medico lavorerà troppo", si lamenta.

"Non lo sai." Prendo un chicco d'uva dalla ciotola che ho messo fuori per accompagnarlo con il panino che ho preparato a mio padre. "Siamo entrambi interessati alla salute. Il corpo umano», aggiungo, cercando di inventare qualcosa. Non so nemmeno perché mi preoccupo. Non ha molta importanza perché non sono entusiasta dell'appuntamento.

"Sono sicuro che è nel corpo umano", dice mio padre, alzando gli occhi al cielo e le mie guance si infiammano.

Gli lancio un chicco d'uva e lui ride.

"Papà! Devo mettermi in gioco. Ho bisogno di uscire e incontrare persone.

"Incontrerai persone quando verrai al lavoro. È così che la maggior parte delle persone fa amicizia".

"Voglio più che amici, papà, e non so se sia saggio uscire con qualcuno con cui lavoro." Non riesco a trattenermi dal dare un'occhiata alla mia porta di casa. La mia mente va dritta a Bruno e Klivens.

"Sì, forse non è una grande idea." Guardo di nuovo mio padre e vedo che i suoi occhi sono ora sulla porta. "Non volevo sollevare questo argomento mentre stavamo andando al lavoro, ma dal momento che abbiamo finito con tutto ciò, sto scivolando in modalità papà."

"Uh oh", mormoro e gli sorrido.

Dà un morso al suo panino e mi chiedo dove andrà a finire. «Ho sentito che ieri sera sei uscito con la squadra. Che Bruno e Klivens erano lì."

"La maggior parte della squadra era lì", provo a fingere.

"Sì, ma Bruno e Klivens erano lì."

"COSÌ?"

"Non fanno la scena della festa."

"OH." Prendo la ciotola dell'uva, la metto in frigorifero e la metto via. Non so cosa dire, ma ho lo stomaco caldo. Stavano dicendo la verità su ciò che gli piace fare. Sono discreti e questo mi piace.

"Sì. OH. Qualcosa deve averli fatti uscire allo scoperto e penso di sapere di cosa si tratta.

Mi giro verso mio padre e i suoi occhi sono fissi su di me.

"Me?" Chiedo. Voglio tirarlo fuori e non girare intorno al cespuglio.

Mio padre posa il suo panino. "Si tu." Emette un respiro profondo.

"Ti disturba?" Chiedo. Non mi piace l'idea che a mio padre non piaccia qualcosa che sto facendo.

"Non sono sicuro di cosa ne penso."

«Neanch'io» ammetto.

Non gli dico che mi fanno provare cose che non avevo mai provato prima. Quando ho scoperto che quelle ragazze erano le loro sorelle, non ho mai provato tanto sollievo in vita mia. È stato allora che ho capito davvero di essere nei guai.

Questi uomini potrebbero possedermi e si comportano come vogliono. Non so come gestire un uomo, figuriamoci due. Per finire, non sono uomini normali. Sono dei dannati giganti pieni di testosterone.

Sospiro. "Beh, non è successo niente e chissà se succederà qualcosa. Non preoccupiamoci di qualcosa che potrebbe non accadere". Non sono sicuro se sto cercando di convincere mio padre o me.

«Sono andati al club per te. Stavano facendo sapere alla squadra che sei vietato.

Mi mordo il labbro, incerta su come prenderla. Sono in conflitto: dovrei arrabbiarmi perché questi due stanno diventando gelosi di me, o dovrei esserne un po' felice?

«Quindi li conosci? Di come loro..."

Mio padre alza la mano per fermarmi. "L'ho messo insieme tra ieri e oggi." Nella stanza per un attimo cala il silenzio, e potrei morire dall'imbarazzo. Io e mia madre non abbiamo mai parlato di sesso. Cercava di farmi uscire con persone con cui voleva sistemarmi, ma non abbiamo mai parlato di altre cose che andavano di pari passo con gli appuntamenti. «Sei adulta, Melly. Ma come tuo padre non voglio che tu venga ferito o che si approfitti di te.

"Pensi che lo farebbero?" Chiedo. Voglio la sua opinione a riguardo.

«Diavolo se lo so. Sembrano bravi ragazzi. Voglio ridere perché mio padre continua a chiamarli ragazzi. "Ma non penso che tu sia uscito molto." Annuisco in accordo. «Allora forse l'appuntamento di stasera potrebbe farti bene. Guarda cosa c'è là fuori. Non c'è fretta."

Dopo ieri sera non sono sicuro che Klivens e Bruno sarebbero d'accordo con questo. E dopo quello che ha detto mio padre, so per certo che non ha chiesto loro di badare a me ieri sera al club. L'avevo praticamente messo insieme durante la colazione, ma è bello sapere che è stata opera loro. Sono territoriali.

Probabilmente si incazzerebbero se sapessero che ho un appuntamento stasera.

"Vai all'appuntamento, Melly." Mio padre si alza dalla sedia. "Assicurati di incontrarlo ovunque tu vada; non chiedergli di venire qui. Vai in un posto occupato e poi torna a casa da solo.

Combatto il mio sguardo alzato. Invece mi avvicino e abbraccio mio padre. Adoro il modo in cui è sempre nella mia squadra. È così diverso da mia madre.

"Esco di qui così puoi finire di prepararti."

"Grazie papà." Lo accompagno alla porta e gliela apro.

Quando lo faccio, fisso per un momento la porta di Klivens e Bruno. Discuto ancora una volta sull'annullamento dei miei programmi per le bevande. Mi chiedo se siano dentro, a rilassarsi sul divano e a guardare Netflix. Sembra molto più divertente che avere un primo appuntamento imbarazzante.

Saluto mio padre e chiudo la porta. Guardando l'orologio, vedo che dovrei incontrarmi con Mason tra venti minuti.

"Merda." Corro in camera mia per prepararmi. È troppo tardi per annullare e sono solo drink. Ne prendo uno e poi me ne vado. Fare chiacchiere dovrebbe essere abbastanza facile.

Spogliandomi, afferro il vestito rosa che avevo preparato, poi infilo i piedi in un paio di ballerine. Prendo la borsa dal divano, prendo il telefono dal bancone e esco. Quando arrivo davanti all'edificio, fermo il primo taxi che vedo e salgo. Il posto non è lontano, ma non so come muovermi, quindi camminare non è un'opzione.

Il taxi si ferma davanti a un casinò. Salto fuori e giro dentro. Vado su una mappa e cerco di trovare il bar che sto cercando. Questo posto è enorme. Mentre sto lì, sento che qualcuno mi osserva e mi guardo alle spalle.

Una grande figura attira la mia attenzione. Klivens. Non sta guardando me ma da qualche parte a sinistra e sta scuotendo la testa. Mi ha seguito?

No, non c'è modo. Non sta nemmeno guardando dalla mia parte. Cerco di vedere cosa sta fissando e perché sta scuotendo la testa. Poi vedo Bruno sbucare da dietro un cartello. Chiaramente Bruno si sta nascondendo da qualcosa e Klivens non vuole farne parte.

Mi giro e studio la mappa per scoprire dove sto andando. Do una piccola occhiata alle mie spalle ancora una volta per vedere Bruno che afferra Klivens, cercando di trascinarlo con sé dietro il cartello. Devo combattere un sorriso.

Faccio finta di non accorgermene mentre mi faccio strada nel casinò. Ogni tanto mi fermo per far finta di guardare qualcosa, e ogni volta li vedo non troppo lontani dietro di me. Bruno sta cercando di nascondersi e Klivens scuote la testa come se Bruno fosse ridicolo.

Dovrei essere irritato, ma tutto quello che riesco a pensare è quanto sia adorabile. Sono entrambi incredibilmente grandi. Come potrebbero non distinguersi in mezzo alla folla?

Quando arrivo al bar, mi guardo intorno.

"Signorina Green?" chiede la padrona di casa. Indossa un abito corto che assomiglia a quello che potresti indossare in un club. Mi guardo attorno, chiedendomi se sono poco vestita, ma non sembra così in confronto all'atmosfera. Ricordo a me stesso che questa è Las Vegas e la maggior parte delle donne si veste così ogni giorno.

"Sì", dico, sorridendole.

"Proprio in questo modo." La seguo e vedo Mason mentre ci avviciniamo al tavolo.

Assomiglia proprio alla sua foto del profilo. Si alza e penso che mi abbraccerà, quindi gli tendo la mano. Lui sorride, lo prende e lo porta alla bocca. Ci posa sopra un bacio e una sensazione di disagio mi rimbomba nello stomaco. Il bacio sulla mia mano sembra sbagliato. Non è niente come quando le labbra di Klivens e Bruno si posarono su di me.

Sento qualcosa rompersi dietro di me ma non mi giro a guardare. Ho la sensazione di sapere chi l'ha rotto. Oppure, se potessi indovinare, avrei una possibilità cinquanta e cinquanta di farlo bene.

"Buona serata", dice la padrona di casa e si precipita, immagino, a ripulire qualunque pasticcio sia stato appena fatto.

"Sei ancora più straordinaria di persona, Kataliya." Mason mi sposta la sedia e io mi siedo. La sua mano corre lungo la mia schiena, facendomi sobbalzare al tocco indesiderato.

"Grazie", riesco a dire.

Una cameriera si avvicina e prende le nostre ordinazioni di bevande. Cadiamo in discorsi educati su dove siamo andati al college. Mi guardo alle spalle mentre Mason continua a parlare di se stesso. Posso già dire che gli piace parlare di sé. Avevo la sensazione che potesse essere così dal suo profilo e da alcuni dei messaggi prolissi che mi ha inviato. Probabilmente non si accorgerà nemmeno che non sto prestando attenzione a quello che sta dicendo.

Stringo gli occhi su Klivens e Bruno, che si nascondono dietro i menu mentre la bella padrona di casa flirta con loro. Stringo i denti, odiandolo. So di non avere alcun diritto su di loro, e non è che ho spazio per essere arrabbiato. Ho un dannato appuntamento, ma non posso trattenermi. L'idea che altre donne prestino loro attenzione mi fa venire voglia di precipitarmi lì e schiaffeggiarle tutte.

La gelosia mi attraversa. A questo gioco si può giocare in due, penso mentre mi rivolgo a Mason.

Capitolo 8

La cameriera dice qualcosa e alzo lo sguardo e vedo che si china su di noi e cerca di avvicinarsi. Mi siedo sulla sedia e torno a guardare Kataliya.

"Acqua", dico quando non vuole andarsene, e dopo un secondo coglie il suggerimento.

Bruno continua a cercare di tenere i menù davanti a noi così possiamo nasconderci dietro, ma non me ne frega niente se ci vede. Siamo qui per tenerla d'occhio e non mi scuso per questo.

Potremmo aver ascoltato attraverso la sua porta mentre parlava con suo padre per scoprire che aveva un appuntamento stasera. Per la maggior parte delle persone questo potrebbe essere considerato un passo oltre il limite, ma per me è semplicemente buon senso. Abbiamo a cuore Kataliya e vogliamo assicurarci che sia sempre al sicuro. Inoltre, vogliamo uccidere chiunque cerchi di portarcela via, e per poterlo fare dobbiamo sapere dove si trova.

"Dovremmo essere in incognito", sussurra Bruno, e io alzo gli occhi al cielo.

"Lei sa che siamo qui."

"Merda. Pensi?" chiede, e io vorrei sbattere la testa sul tavolo.

Che cazzo stiamo facendo? Ci siederemo davvero qui e permetteremo che la nostra donna venga toccata da un altro uomo? Questo non è quello che siamo.

"L'abbiamo aspettata per tutta la vita", dico guardando Bruno.

C'è silenzio tra noi, poi sento Kataliya ridacchiare. Mi giro a guardarla e la vedo toccare il ragazzo con cui sta. La risata è finta. So come suona quando è felice, e non era quello. Sta organizzando uno spettacolo per noi solo per farci ingelosire.

Oh diavolo no.

Mi alzo dalla sedia così velocemente che cado all'indietro. Bruno si alza immediatamente ed è al mio fianco. Mi dirigo verso il tavolo con nient'altro che determinazione e possesso nei miei passi. Non mi siederò più a guardarlo.

Quando arriviamo lì, il suo appuntamento alza lo sguardo e sbatte le palpebre scioccato nel vederci lì. "Oh mio Dio, voi siete Klivens Long e Bruno Farmer. Wow, posso farmi un selfie?" chiede alzandosi e tirando fuori il cellulare dalla tasca.

"Kataliya se ne va", dico, tendendo la mano e aspettando che la prenda.

Apre la bocca per dire qualcosa, ma io scuoto la testa.

"Alzati da tavola, piccolo. È ora di andare a casa."

Bruno le gira dietro e le prende la borsa. Lei lo guarda e lui le fa un grande sorriso che mette in mostra la fossetta che so che le piace. Lei gira di nuovo lo sguardo su di me e io annuisco, facendole sapere che va bene. Ma proprio quando penso che mi metterà la mano, raddrizza le spalle e torna a rivolgere lo sguardo al suo appuntamento.

"Penso che prima finirò il mio drink", dice, con la sfacciataggine chiara nella sua voce.

"Conosci questi ragazzi? Questo è un Klivensome. Puoi procurarmi degli abbonamenti?" chiede il ragazzo, e vorrei dargli un colpo in testa.

Essendo stato messo all'angolo, decido che sono stanco di essere educato. Mi chino in modo che il mio viso sia alla pari con il suo e aspetto che lei mi guardi. Ci vuole un secondo, ma sappiamo entrambi che non può resistere.

"Ti lascerò contare fino a tre. Poi ti metterò sulle mie spalle e ti porterò fuori di qui. Questa non è una minaccia. Ti sto dando lo spettacolo che stiamo per mettere in scena.

"Hai dato lo stesso anche a quella cameriera?" Incrocia le braccia sul petto e alza il mento verso di me in segno di sfida.

"Aspetta, stai tipo uscendo con lui?" chiedono i ragazzi.

"Tutti e due, a dire il vero", interviene Bruno, per nulla vergognoso.

"Ehi, va bene. Comunque stavo solo cercando di sfondare. Visto che condividete qualcosa, vi dispiace se la porto in bagno?"

C'è un'eco nelle mie orecchie e la mia vista diventa rossa. Sbatto le palpebre un paio di volte, ma la rabbia non filtrata annebbia tutti i miei sensi mentre giro il corpo per guardare il più stupido figlio di puttana che abbia mai incontrato.

"Che diavolo hai appena detto?" chiede Kataliya prima che io o Bruno possiamo parlare.

"Senza offesa", dice, alzando le mani. "Ho solo pensato che se questi due ragazzi stessero guidando un treno, avrei voluto salire a bordo." Ha le palle per farle l'occhiolino, ed è allora che si scatena l'inferno.

Mi lancio verso di lui nello stesso momento in cui lo fa Bruno, facendolo cadere dalla sedia e facendolo cadere a terra. Sento il rumore di vetri e piatti che si infrangono e altre persone nel bar iniziano a urlare.

Da qualche parte nella mia mente sento Kataliya implorarci di non uccidere quel ragazzo, ma io sono come un toro e lui è una bandiera rossa. Devo assicurarmi che questo ragazzo non usi più la bocca. Mai.

L'adrenalina scorre nelle mie vene e non so esattamente cosa succede, ma quando sento delle mani forti sulle mie braccia che mi staccano da lui, non combatto perché so che è Bruno.

"Cazzo, la gente sta filmando", dice, e mi guardo intorno nel bar per vedere che ha ragione. Non è molto affollato, ma un video è stato venduto alle persone giuste e questo potrebbe anche essere il Super Bowl.

Mi giro e vedo Kataliya lì, immobile, con le mani sulla bocca. Prima che i suoi occhi possano incontrare i miei, mi avvicino a lei e faccio quello che avevo detto che avrei fatto. Me la metto in spalla e guardo Bruno che getta alcune banconote sul tavolo e prende le sue cose.

Lei resta in silenzio mentre io mi precipito nel casinò, arrabbiato da morire e spaventato a morte. Il pensiero che qualcuno la tratti come meno di una regina mi fa arrabbiare. Questo è il nostro lavoro. Siamo noi che ci prenderemo cura di lei e ci assicureremo che abbia tutto ciò che desidera. E mi spaventa da morire vedere quanto facilmente potremmo perderlo. E se vedesse cosa abbiamo fatto a quel ragazzo e non volesse più starci vicino? Non è quello che siamo, ma combatteremo fino alla morte per lei.

Bruno tira fuori il telefono e lo vedo mandare un messaggio al nostro autista. Quando usciamo davanti al casinò, lui ci aspetta con la porta aperta e noi scivoliamo dentro. Tengo Kataliya stretta in grembo mentre Bruno gli dice di portarci a casa.

Pedaliamo in silenzio e io guardo dritto davanti a me. Sono terrorizzato nel vedere la paura nei suoi occhi quando mi guarda, e non sono pronto ad affrontarla.

Bruno è al telefono e probabilmente sta scrivendo un messaggio al nostro coordinatore dei media del team per assicurarsi che quello che è appena successo non diventi virale. E che il ragazzo che abbiamo appena picchiato non ci fa causa. Ciò si rifletterà negativamente sulla squadra e, anche se non voglio mai imputargli nulla, non mi pento per un secondo di ciò che abbiamo fatto. Se questo dovesse trasformarsi in qualcosa di importante, lascerò il calcio, se necessario. Kataliya per noi è più importante di così.

Quando arriviamo al nostro edificio, la porto in braccio fino all'ascensore e Bruno preme il pulsante per farci salire. Quando arriviamo al nostro piano, non vado a casa di Kataliya. Invece vado alla nostra porta e Bruno ce la apre. Quando entriamo vado direttamente in camera da letto. Dobbiamo parlare ed è più facile farlo lì perché possiamo impedirle di scappare.

La faccio sedere sul letto, poi Bruno si siede accanto a lei e io mi inginocchio davanti a lei. Apro la bocca per dire qualcosa, ma lei alza lo sguardo e scoppia a piangere.

"Mi dispiace tanto", grida, e guardo Bruno, che sembra scioccato quanto me.

"No, tesoro, ci dispiace", dice, abbracciandola.

"Probabilmente vi ho messo davvero nei guai. Ero solo un monello. Non volevo andarmene perché ero geloso del fatto che stavi flirtando con quella bella hostess.

"Chi?" diciamo entrambi allo stesso tempo.

"Quello che parla con voi ragazzi. Era civettuola, quindi ho pensato che avrei potuto fare lo stesso e vendicarmi di te. Alza lo sguardo attraverso la pellicola di lacrime nei suoi occhi e asciuga le gocce di grasso che le cadono lungo le guance.

Aiuto ad asciugarli e scuoto la testa. "Sono un uomo di poche parole…" Bruno ride e lei sorride. "Sei tutto ciò che vediamo, Kataliya. Vogliamo solo te."

"Ha ragione", dice Bruno, massaggiandole la schiena. "Non siamo bravi in tutto questo, e non siamo bravi a frequentarci insieme perché non l'abbiamo mai fatto. Ma ti stavamo aspettando. Sapevamo nel momento in cui ti abbiamo visto sull'aereo che eri quello giusto. Quando abbiamo origliato fuori dalla tua porta, ti abbiamo sentito dire che avresti avuto un appuntamento e siamo impazziti.

"Hai origliato me e mio padre?" sussulta, con gli occhi spalancati per lo shock.

"Sì, non ci dispiace", dico e alzo le spalle.

Un sorriso le incurva le labbra e ringrazio Dio che le sue lacrime si siano fermate. Non riesco a sopportare che sia triste.

"Volevamo solo arrivare a te e fermare quello che stava succedendo, ma poi abbiamo pensato che forse dovremmo fare un passo indietro e darti spazio", dice Bruno e poi scuote la testa. "Ovviamente non è andata così. Ci dispiace che tu abbia dovuto vedere il combattimento, ma non ci dispiace di averlo dovuto fare. Se ha senso."

"Sei nostro."

Lei annuisce e poi si morde il labbro mentre guarda tra di noi. Vedo i suoi occhi viaggiare su e giù per il mio corpo, poi fa lo stesso con Bruno. Un leggero rossore le colpisce le guance e so cosa sta pensando.

"E ora che ti abbiamo riportato qui, non ti lasceremo sfuggire di nuovo tra le dita", dice Bruno, sporgendosi in avanti e posandole un bacio sulle labbra.

Osservo mentre il bacio morbido diventa profondo e cattura il bordo delle loro lingue mentre si incontrano. Il mio cazzo pulsa a quella vista e mi siedo sulle ginocchia e allungo la mano per allargarle le cosce. Le strofino le mani sulle gambe nude e sotto il vestito mentre Bruno assapora i suoi baci. Il suono dei suoi piccoli gemiti è inebriante mentre le mie dita vanno sotto il suo vestito fino alle mutandine. Ne ricalco il bordo prima di tirare il tessuto e abbassarli lungo le gambe.

Interrompe il bacio con Bruno mentre le sollevo completamente il vestito, esponendo la sua piccola figa. «Anch'io voglio un bacio» dico, e mi metto la gamba sulla spalla.

Capitolo 9

Bruno

Sento il corpo di Kataliya contrarsi mentre Klivens apre le gambe e fissa la fica più bella che abbia mai visto.

"Shhh. Ha solo bisogno di un assaggio," sussurro contro il suo orecchio.

Il suo respiro si blocca mentre le faccio scorrere la mano lungo il collo e sul petto, tra i suoi seni. Uso l'altra mano per aprire la cerniera sul retro del vestito e poi slacciarle il reggiseno.

"Ci prenderemo davvero cura di te", giuro mentre guardo Klivens chinarsi e leccarle la fica. Emette un suono che è a metà tra un gemito e un ringhio e il mio cazzo pulsa. Non vedo l'ora di entrare e venire nel suo calore umido.

"Oh Dio", ansima mentre cerca di chiudere le gambe.

«Tienili aperti, dolcezza. Lasciami guardare." Afferro una coscia e la tengo aperta per Klivens mentre lo guardo mentre le mangia la figa. "Che sapore ha?" chiedo, inspirando profondamente per poterne sentire l'odore.

"Cazzo, devi assaggiarlo," si meraviglia Klivens, appoggiandosi allo schienale. "Non sapevo che una figa potesse essere dolce."

Non esito ad abbassarmi e a dare una lunga leccata, facendomi arrivare il suo miele sulla lingua. Cavolo, è un paradiso cremoso e io ne prendo un altro paio di leccate, avido.

Klivens ride mentre mi appoggio allo schienale, non volendo fermarmi. "Lo so, fratello. Nemmeno io voglio fermarmi", dice e nasconde il viso tra le sue gambe.

Aspetto e dopo un secondo lui si tira indietro e poi mi tuffo. Kataliya cade sul letto mentre il suo corpo trema di piacere. Lecco la sua figa, avvicinandola sempre di più al limite prima di tirarmi indietro e Klivens prende il sopravvento. Proprio mentre sta per venire, ci scambiamo di nuovo, entrambi vogliamo leccarle la piccola fica.

"Maledizione," espira Klivens quando Kataliya grida e i suoi fianchi si alzano dal letto.

Gli faccio cenno di finirla mentre mi sposto sul suo corpo. La bacio forte, lasciandole assaporare il dolce nettare che mi ha appena dato mentre le abbasso il vestito e il reggiseno. Sposto le mie labbra lungo il suo collo e sul suo petto, dove le sue tette rotonde e mature mi stanno aspettando. I suoi capezzoli sono duri ciottoli che implorano la mia bocca. Ne prendo uno, lo succhio e poi lo lecco a lungo prima di passare al successivo.

"Sto per morire", dice, e io sorrido contro il suo capezzolo.

"NO. Verrai davvero dannatamente forte," dico, tornando a succhiarla.

Il suo corpo trema mentre ogni muscolo del suo corpo si tende. C'è un silenzio completo mentre lei inspira e trattiene il respiro prima di urlare il suo orgasmo nella stanza.

Io e Klivens non ci fermiamo mentre le ondate di piacere la travolgono e lo prolunghiamo il più a lungo possibile. Le sue grida si trasformano in gemiti e poi strilli di eccitazione mentre si contorce sotto di noi. A un certo punto è così intenso che sembra che stia ridendo, ma poi rimane senza fiato e rallentiamo.

Le bacio dolcemente il seno mentre mi muovo lungo il suo corpo, e poi le bacio dolcemente le labbra. È esausta, ma siamo lontani dall'aver finito con lei. Le stiamo solo dando un momento per riprendere fiato.

Quando mi alzo dal letto, lei allunga le braccia verso di me e questo mi scalda il cuore. "Torniamo subito", dico mentre inizio a togliermi i vestiti. Klivens fa lo stesso, poi si china e si toglie il vestito che le è ammucchiato intorno alla vita.

Le faccio scivolare la mano sotto la schiena e la sollevo al centro del letto. Io e Klivens ci saliamo sopra con lei, tutti completamente nudi.

Guardando la sua figa rosa e bagnata, penso a come si sentirà intorno al mio cazzo. "Piccola, io e Klivens non vogliamo usare i preservativi", dico e guardo i suoi occhi aprirsi e sfrecciare tra di noi. "Ti vogliamo nudo. Ho bisogno di bagnare il mio cazzo con la tua figa e so che una volta dentro non mi tirerò fuori. Non ci proverò nemmeno."

"Prendi la pillola?" chiede Klivens, e lei scuote la testa in segno di no.

Il mio cazzo pulsa alla sua risposta, colando sperma sul letto. "Bene", dico, afferrando la mia asta e facendo scorrere la mano su e giù.

"Sono troppo vicino", dice Klivens, e io guardo oltre, vedendo che ha la base del cazzo ben stretta in modo da non venire.

Annuisco e raggiungo Kataliya. "Vieni qui, piccolo." Mi prende la mano e si siede sul letto. "Klivens soffre per te. Ho bisogno che tu ti prenda cura di lui come lui si è preso cura di te. Pensi di poterlo fare per noi?"

Le accarezzo il mento mentre lei arrossisce e annuisce.

"Brava ragazza," dico, e mi chino, posandole un dolce bacio sulle labbra. "Ti preparo." Quando le sue sopracciglia si uniscono interrogativamente le sorrido. «Ci porterai entrambi stasera. E non vogliamo ferirti. Quindi voglio che tu succhi Klivens con quella tua boccuccia stretta mentre io me ne occupo."

Klivens si avvicina e noi la aiutiamo a mettersi in ginocchio. Si piega in avanti così il suo culo rotondo è proprio di fronte a me e la sua faccia è davanti al cazzo di Klivens.

"Non l'ho mai fatto prima", dice dolcemente mentre mi chino e ricambio il bacio.

"Cazzo," geme Klivens mentre strofina la punta del suo cazzo sulle sue labbra.

Le faccio scorrere le mani sulle natiche, afferrandone i lati e stringendole. Quando mi allungo e ne sculaccio uno, lei strilla e mi guarda.

"Apri la bocca, piccolo," ordino e annuisco verso Klivens.

Quando fa quello che dico e Klivens spinge la punta del suo cazzo oltre le sue labbra, metto la mano tra le sue gambe e le accarezzo dolcemente la figa. Il suo culo si spinge dentro mentre prende altro cazzo di Klivens in bocca.

"Maledizione, Bruno, l'ha già fatto prima", sibila Klivens.

"Kataliya, hai già succhiato un cazzo prima? Ci stavi mentendo?" le chiedo, massaggiandole il clitoride.

Cerca di scuotere la testa, ma Klivens le tiene i capelli stretti e la bocca piena di cazzo, quindi non può rispondere.

"Forse ha un talento naturale?" Suggerisco, e Klivens geme. "Forse sta pensando di prendere un cazzo in bocca da quando ci siamo incontrati, e ora lavorerà molto duramente per farcela."

"Cazzo, la sua bocca sta mungendo il mio cazzo."

Faccio scivolare un grosso dito nella sua figa bagnata e glielo ficco dentro e fuori. Devo cercare di allungarla il più possibile perché io e Klivens siamo grandi. Troppo grande per il suo culetto e la sua fica, ma lo faremo funzionare. Funzionerà. È stata creata per noi.

"Come ci si sente?" le chiedo, osservandola muoversi su e giù per la sua lunghezza. Ha persino alzato la mano per accarezzare la parte che non riesce a mettere in bocca.

"Come se avesse un dannato vuoto in gola", dice mentre getta la testa all'indietro e spinge i fianchi in avanti. "Voglio scoparle la bocca."

"Fallo", dico, infilando un secondo dito nella sua figa. Voglio vederlo accadere mentre mi masturbo con la mano libera.

Klivens le tiene i capelli con entrambe le mani mentre i suoi fianchi iniziano a muoversi avanti e indietro. Non è profondo e non lo farà in modo duro, ma sta usando la bocca di lei per venire. I muscoli delle sue braccia e delle sue cosce si stringono ad ogni spinta e posso vedere la sua forza controllata.

Si sta avvicinando e devo smettere di massaggiarmi il cazzo perché non voglio darle il culo. Non ancora almeno. Con le mie dita ancora nella sua figa. Lecco il primo dito dell'altra mano e glielo porto nel buco del culo. Mentre i ringhi di Klivens diventano più profondi, spingo contro il buco stretto e scivolo dentro di lei.

Geme attorno al cazzo di Klivens e io sono così eccitato solo a guardarli. "Brava ragazza. Stai facendo un ottimo lavoro, Kataliya."

"Sto venendo", grugnisce Klivens prima di tenersi in bocca e gemere.

"Cazzo, sembra bello", dico, conoscendo il tipo di sollievo che sta provando.

La guardo mentre ingoia avidamente ciò che lui le dà. Lei spinge il sedere contro di me e io faccio una risatina. È di nuovo arrapata dopo aver preso un cazzo in bocca e un dito nel culo. Faccio scivolare un altro dito nel suo buco stretto e lei geme. È stata creata per noi.

Klivens tira fuori il cazzo dalla sua bocca e si china per baciarle le labbra gonfie. "Sei così dannatamente perfetto", dice, con la stanchezza nella voce.

Kataliya sorride orgogliosa mentre muove i suoi fianchi contro le mie dita. Klivens si sdraia sul letto sotto di lei e inizia a succhiarle le tette.

"Faremo a turno nella tua fica per un po'. Allora ti porteremo allo stesso tempo. Uno qui," dico, massaggiando il punto debole all'interno della sua figa. "E uno qui", continuo, flettendo le dita nel suo culo. "Pensi di poterlo fare per noi, piccolo?"

"S-sì," balbetta mentre il piacere le devasta il corpo, desiderandolo tanto quanto noi.

"Stai andando così bene", dice Klivens mentre si muove tra le sue gambe.

Sono in ginocchio dietro Kataliya e lei è sopra Klivens. Sposto le dita fuori dalla sua figa e spingo i suoi fianchi verso il basso in modo che Klivens possa infilarle il cazzo dentro. Tengo le mie dita nel suo culo mentre lei avvicina la sua figa a lui.

"Fuuuuuuck," geme mentre la sua figa rosa e stretta si abbassa lentamente.

Sibila mentre lei prende centimetro dopo centimetro, il corpo preparato e pronto per essere preso. Quando è circa a metà discesa, la solleva e la tiene ferma per me. Poi è il mio turno, infilandomi nel suo dolce vasetto e bagnandomi il cazzo.

"Gesù, avevi ragione. È così dannatamente stretta." Anch'io sono arrivato a metà strada e devo fermarmi. Mi tiro fuori e Klivens è lì pronto a prendere il mio posto.

Andiamo avanti così per molto tempo, ognuna di noi scopa la sua piccola apertura ogni volta un centimetro in più.

"Cazzo, tocca a me," dice Klivens, diventando impaziente e togliendola dal mio cazzo. Si spinge dentro di lei e le fa scoppiare la figa un paio di volte prima di toglierla e sollevarla di nuovo per me.

Stiamo entrambi diventando avidi e litighiamo per la sua figa. È troppo bello, è troppo stretto e lo vogliamo entrambi.

Sono fino alle palle adesso e lei gronda succo. Riesco a gestire solo pochi pop prima che Klivens abbia davvero bisogno di lei. Entrambi soffriamo e vedo che ha le palle strette. Il mio cazzo sta diventando viola e non so per quanto ancora potrò resistere.

"Ancora uno, ancora uno", geme, sollevandosi una, due, tre volte. "Cazzo, ancora uno."

Lui va veloce, spingendo dentro e fuori il suo cazzo prima che una scia di sperma fuoriesca mentre la fa uscire dal suo cazzo. Vedo la crema ricoprirle le cosce mentre sprofondo e faccio lo stesso. La scopo quattro o cinque volte forte prima di sentire la sua figa strapparmi via e la mia scia di sperma scorre dalla sua figa. Klivens è di nuovo dentro di lei, e guardo mentre la crema scorre lungo i lati delle sue cosce e su tutta la sua asta. Sta scorrendo tra di loro mentre lui ringhia per liberarsi.

Ha a malapena il tempo di svuotare la sua noce prima che la riprendo e me la faccio una sega. Una volta che inizio a venire, lo ringhio e lo rilascio tutto dentro di lei, poi tiro fuori e ne spruzzo un po' sul cazzo di Klivens. Entrambi le facciamo un pasticcio nella figa ma non abbiamo ancora finito.

Klivens afferra il suo cazzo e spruzza un po' del suo sperma sul mio cazzo prima che io tolga le dita dal suo culo. Porto il mio cazzo coperto di sperma nel suo buco stretto e quando spingo dentro di lei, lei non si oppone. Scivola dentro in modo fluido e facile e lei geme mentre la riempio.

Klivens fa scivolare di nuovo il suo cazzo nella sua figa e sento la pressione dalla sua lunghezza attraverso la sottile barriera che ci separa. I nostri cazzi si sfregano dentro di lei mentre noi tre ci uniamo.

Le gambe di Kataliya tremano mentre la teniamo ferma e lavoriamo dentro e fuori da lei. Alterniamo le spinte in modo che le creste dei nostri cazzi e le nostre teste spesse la tocchino nei punti giusti. Si aggrappa a Klivens mentre le afferro il sedere e la bacio.

"Oh Dio, sto venendo!" piange mentre la sua schiena si inarca contro di me e il suo corpo trema.

"Ti abbiamo preso", dico, e mi giro per pizzicarle il capezzolo.

Faccio un cenno a Klivens, facendogli sapere che andremo tutti alla stessa ora. Lui le raggiunge le cosce e le massaggia il clitoride, dandole esattamente il tocco di cui ha bisogno. Non è più in grado di combatterlo e urla la sua liberazione, cadendo oltre il limite.

Ogni terminazione nervosa del mio corpo è in sintonia con questo momento e non ho altra scelta che sprofondare in lei un'ultima volta e rilasciare tutto ciò che posso darle.

Sento le pulsazioni del cazzo di Klivens mentre si svuota nella sua figa.

Noi tre insieme è disordinato e crudo, ma è il sogno che io e Klivens abbiamo sempre avuto. Una donna da amare, amare e di cui prendersi cura entrambi. Il sesso è ciò che abbiamo sempre desiderato, ma è solo una parte di esso.

Mentre tiriamo fuori i nostri cazzi dal suo corpo, lei crolla sul petto di Klivens. Si gira in modo che lei sia dalla sua parte e io metti il cucchiaio dietro di lei. Noi tre giaciamo lì, cercando di riprendere fiato mentre Klivens e io baciamo tutto il corpo di Kataliya.

"Non credo che sopravvivrò a voi due", dice senza fiato e ridiamo.

"Aspetta solo di farti entrare in quella grande vasca", dico, alzandomi dal letto.

"Dove stai andando?" chiede, voltandosi per raggiungermi mentre tiene Klivens con l'altro braccio.

"Per far partire l'acqua. Ci vorrà un'ora per riempire quella piscina."

Capitolo 10

Catalizzatore

Mi giro, allungando la mano verso uno dei miei uomini, e trovo solo un cuscino gigante. Mi siedo e mi guardo intorno nella stanza. Mi fa ridere. Vestiti, cuscini, scarpe e coperte sono ovunque. Mi abbandono sul letto e mi chiedo dove siano andati. Non posso fare a meno di sorridere. La notte scorsa è stato più di quanto avrei mai potuto immaginare.

Mi chiedevo come potessero stare insieme tre persone, ma loro mi hanno mostrato come. È stata l'esperienza più perfetta e strabiliante della mia vita. Non mi sono mai sentito così connesso con qualcuno prima, figuriamoci con due persone. Sembrava giusto.

Mi fa pensare che non ho mai provato a uscire con qualcuno prima perché uscire con un uomo non era pensato per me. Questo è ciò di cui avevo bisogno. Ho sempre sentito un'attrazione per Klivens e Bruno che li guardavano in TV e ora so perché. Dovevano essere miei come io dovevo essere loro. Così doveva essere. In quale altro modo posso spiegare quanto velocemente mi sono innamorato di loro? Quanto sono profondi questi sentimenti dentro di me.

Mi giro e guardo l'orologio sul comodino. Quando vedo l'ora volo giù dal letto. "Porca miseria, farò tardi per il mio primo giorno!" urlo. Salto giù dal letto, quasi cadendo sul sedere perché ho i piedi impigliati nel lenzuolo. Mi viene un piccolo sussulto quando sento gli effetti della scorsa notte su tutto il corpo. È un bruciore delizioso e dolce che mi fa sorridere e dimenticare per un momento che ho bisogno di muovere il sedere.

Prendo una maglietta che trovo per terra e me la infilo dalla testa. L'odore di Klivens mi riempie i polmoni e mi fermo quando vedo un biglietto sul tavolino. Lo prendo.

Dovevo correre allo stadio.

Non lasciare il condominio.

Alzo gli occhi al cielo e rimetto il biglietto sul tavolo. Devo andare al lavoro. Forse se i loro culi fossero qui potrebbero convincermi a restare. Non posso arrivare in ritardo il primo giorno in cui dovrei presentarmi. Inoltre, non sono nemmeno qui per uscire con loro. Discuto di lasciare una mia nota, ma dopo la loro breve nota decido di non farlo. Oltretutto probabilmente li vedrò allo stadio. Sono sorpreso che siano lì; è fuori stagione per loro adesso.

Vado alla ricerca della mia borsa. Lo prendo e mi dirigo verso il mio appartamento, dove faccio la doccia più veloce del mondo. Odio il fatto che mi sto lavando via il loro odore. Ricordo a me stesso che stasera posso riprendermela facilmente. Il mio cuore si stringe all'idea.

Mi intrecciai i capelli e mi misi un po' di lucidalabbra e mascara. Resto per un secondo davanti allo specchio e osservo il mio corpo. Piccoli succhiotti segnano il mio seno e qualche piccolo livido punteggia i miei fianchi. Faccio scorrere il dito lungo uno. È piccolo e posso dire che sono state le loro dita a causarlo. Non ricordo che siano accaduti, né fa male, ma mi piace vederli lì. Mi chino in avanti, guardando le mie labbra gonfie e molto amate e arrossisco. Non ero mai stata baciata prima, ma Bruno e Klivens hanno recuperato il tempo perduto proprio ieri sera. Ho tutte le prove sulla bocca e mi chiedo se la gente se ne accorgerà.

Trovo un paio di jeans e mi fermo quando vedo l'interno delle mie cosce. Il calore mi inonda il cuore quando vedo anche lì piccoli segni su tutta la pelle morbida. Santo cielo, si stavano davvero assicurando che ricordassi la nostra notte insieme. È marchiato su tutto il corpo. Sorrido perché non mi interessa se è eccessivamente cavernicolo e possessivo. Lo voglio.

Prendo la mia polo da lavoro bianca con il logo della squadra sopra. Decido di indossare scarpe da ginnastica perché non sono sicuro in cosa consisterà la mia giornata. Sono un fisioterapista, quindi non credo che si aspettino che mi presenti in pantaloni o in un vestito. Penso che sia casual, ma messo insieme è la cosa migliore. So che starò molto in piedi, ma forse non all'inizio visto che siamo fuori stagione. Non sono sicuro di cosa farò finché non torneranno.

Uscendo, guardo la porta dei ragazzi. Se fossero già tornati li sentirei perché urlerebbero il mio nome. Sbuffo al pensiero mentre premo il pulsante dell'ascensore e tiro fuori il telefono dalla borsa. Forse dovrei mandare un messaggio ai miei uomini. Pensarli come miei mi fa danzare le farfalle nella pancia.

Ero sorpreso che se ne andassero senza svegliarmi. Ero così di fretta che non ci avevo pensato molto fino ad ora. Dopo quello che abbiamo condiviso, cosa potrebbe esserci di così importante da spingerli a correre fuori? Forse per loro non significavo tanto quanto pensavo.

Scaccio quel pensiero dalla mia testa. Questo non è possibile. Non dopo il modo in cui hanno toccato il mio corpo. Le cose che mi hanno detto e fatto. Forse non conosco Klivens e Bruno da molto, ma so che non mi farebbero mai del male. Lo sento nel profondo.

Sblocco il telefono e salgo sull'ascensore. Deve essere successo qualcosa e la preoccupazione prende piede. Non c'è altro motivo. Vedo che ho alcune chiamate perse di mio padre e alcuni messaggi della mia amica Mindi da New York. Abitavamo nello stesso edificio e frequentavamo la stessa scuola superiore. Si è sposata qualche anno fa e ancora oggi restiamo in contatto principalmente tramite SMS. Siamo andati in direzioni diverse nella vita.

Non era come la maggior parte delle altre ragazze con cui ero andata a scuola. Non c'era un osso moccioso in tutto il suo corpo. Spesso scappavo a casa sua quando mia madre era intrattenitrice e io avevo bisogno di scappare. La sua casa è sempre stata un rifugio sicuro e anche i suoi genitori erano dolci.

Sono deluso quando non vedo nulla di Bruno o Klivens, ma poi mi ricordo che non ho i loro numeri e loro non hanno il mio. Merda. Immagino di averlo perso durante il sesso e loro mi perseguitavano. Sbuffo vedendo il riepilogo della nostra relazione finora.

Relazione.

Quella parola mi rimbalza nella testa. Abbiamo una relazione, giusto? Hanno detto che stavano aspettando quello giusto e credono che io sia quello. Sembra che questo sia qualcosa di più del territorio di fidanzati e fidanzate. Beh, almeno per me, ma cosa ne so? Questa è la mia prima relazione.

Vado a richiamare mio padre, pensando che forse ha il numero di Bruno o di Klivens. Un altro messaggio di Mindi si illumina sul mio schermo.

Mindi: Hai dato la tua ciliegia a due uomini?!

Che cosa. IL. Fanculo.

Come poteva saperlo? Non sono passate nemmeno ore da quando è successo. Nessuno dovrebbe saperlo. Il mio cuore inizia a battere forte. Oh Dio. Se lo sa, significa che il video del tizio che filmava al ristorante ieri sera deve essere trapelato o qualcosa del genere. Non c'è altro modo. Un altro testo riempie lo schermo.

Mindi: Rispondimi, faccia da mocciosa!

Faccio clic sui suoi messaggi. Vedo collegamenti su collegamenti di articoli con il mio nome, insieme a quello di Klivens e Bruno. Ne clicco uno mentre le porte dell'ascensore si aprono. L'articolo inizia a caricarsi mentre esco dall'edificio. Mi congelo quando sento il mio nome gridare da ogni direzione. Alzo lo sguardo per vedere paparazzi ovunque. La gente mi mette i microfoni in faccia e grida domande. Mi blocco, incerto su cosa fare.

"È vero che esci sia con Bruno Farmer che con Klivens Green?"

"Stavi tradendo Klivens e Bruno con quell'uomo ieri sera?"

"Sono noti per essere violenti?"

"Ti hanno mai picchiato?"

"Cosa dice tuo padre a riguardo?"

"Eri parte dell'accordo quando hanno firmato un contratto prolungato stamattina?"

Quella domanda mi colpisce come uno schiaffo in faccia.

"Per quanto tempo pensi che la NFL li sospenderà?"

Mi si stringe lo stomaco. Mi faccio strada tra tutte le persone. Devo arrivare allo stadio il più velocemente possibile. Trovato un taxi, salgo e dico all'autista di portarmi allo stadio. Mi tremano le mani mentre provo a chiamare mio padre. Le lacrime scendono sul mio viso. E 'tutta colpa mia.

"Papà", piango quando risponde al telefono.

"Melly! Ho cercato di contattarti. Non lasciare il tuo edificio. Ho ricevuto una chiamata che..."

"È troppo tardi", tiro su col naso.

Probabilmente la mia foto sarà ovunque e rabbrividisco quando penso che mia madre la vedrà. Sono scioccato che non mi stia già facendo saltare in aria il telefono. Sarà furiosa. Le piace tutto ciò che è lucido e pulito e immagino che sua figlia che esce con due uomini non sia neanche lontanamente lucida e pulita per lei.

"Dove sei?" si precipita a chiedere.

"Sono in taxi e sto andando allo stadio. Sei qui?"

"SÌ. Sono qui. Dammi il numero del taxi."

Gli do il numero di quattro cifre e lo sento parlare con qualcun altro della possibilità di far entrare il mio taxi attraverso i cancelli in modo da non dover fare nessuna fermata.

"Dove sono Klivens e Bruno?" La mia voce trema quando faccio la domanda. Ho bisogno di vederli.

"Loro sono qui. Li prenderò subito. Stavano per partire per dirigersi verso di te." Il sollievo mi riempie. "Dirò loro di aspettare."

"Grazie." Tiro su col naso di nuovo.

"Andrà tutto bene." Mio padre cerca di rassicurarmi, ma tutte le domande che mi fanno i giornalisti mi bombardano il cervello.

Non sono sicuro del motivo per cui non ho mai pensato a cosa avrebbero detto tutti quando avessero scoperto che due stelle del football della NFL condividevano una donna. Avrei dovuto sapere che sarebbe stato ovunque. Ma come fanno già a saperlo tutti? Klivens, Bruno e io non abbiamo nemmeno messo un'etichetta su ciò che siamo.

Sono sicuro che gli atleti fanno ogni genere di cose pazze e selvagge. Perché questo attira l'attenzione di tutti? Perché è una storia così grande? Forse perché non sono mai stati visti con una donna prima e mio padre è il proprietario della squadra per cui giocano. Tuttavia, voglio sapere come lo sanno già tutti.

"Ci vediamo presto, papà."

Riattacco prima che possa provare a fermarmi. Non posso aiutarmi. Devo dare un'occhiata ad alcuni articoli. Faccio di nuovo clic sui collegamenti sul mio telefono e inizio a leggere. La lotta. Il tutto è stato registrato ed è diventato virale. Rabbrividisco mentre guardo di nuovo il video. Se non fossi mai andato a quello stupido appuntamento, tutto questo non sarebbe successo. Scuoto la testa. Non mi dispiace nemmeno per quel ragazzo. Era una maledetta palla di melma e aveva bisogno di un bel colpo. Tuttavia, sono arrabbiato con me stesso e mi sento malissimo per aver causato questo disastro a due uomini che sono diventati il mio mondo in così poco tempo.

Clicco su un altro collegamento. Un'intervista con la padrona di casa della sera prima riempie il mio schermo. Apparentemente ha sentito tutto quello che è stato detto, dicendo loro che Klivens e Bruno volevano prendermi in giro e l'altro ragazzo voleva unirsi ma non sembravano disposti a condividermi. Posso vedere la gelosia negli occhi della ragazza. Lo chiudo, sentendomi triste e umiliato.

C'è un articolo dopo l'altro su quello che è successo. La maggior parte sono stronzate inventate, ma alcune sono vere. Ci sono molte speculazioni e odio che le persone mettano in imbarazzo ciò che Klivens, Bruno e io abbiamo condiviso. Le persone vogliono risposte a domande a cui non ho nemmeno risposte. Ho appena incontrato questi uomini e la gente parla di matrimoni e bambini. Altri parlano di sex club e di scambisti.

Il mio cuore batte forte al pensiero dei bambini e del matrimonio, ma mi si stringe lo stomaco alla menzione dello scambismo e dei sex club. Non vedo Bruno e Klivens coinvolti in questo, ma cosa ne so? Ho perso la verginità con due uomini che volevano condividere una donna. Chissà cos'altro ne consegue? Potrebbero andar bene condividermi tra loro, ma a me non andrebbe mai bene condividerli. Mai. Il pensiero mi fa travolgere dalla rabbia. Lo accolgo rispetto alle lacrime.

Il taxi oltrepassa i cancelli e arriva fino al retro dello stadio. Lancio i soldi all'autista mentre scendo dall'auto, poi mi dirigo verso la porta sul retro. Prima che io lo raggiunga, mio padre sta uscendo.

Riesco a malapena ad abbracciarmi prima di essere trascinata dentro e Klivens e Bruno si avvolgono intorno a me. Mi sciolgo in loro, sentendomi meglio semplicemente stando vicino a loro.

"Mi dispiace", mormoro in uno dei loro bauli. Non so di chi sia e non importa.

"Piccolo. Andrà tutto bene", dice uno di loro.

"Non voglio che tu finisca nei guai. E 'tutta colpa mia. Non sarei mai dovuta andare a quello stupido appuntamento," dico al petto di Klivens. Adesso posso dire che è lui da quanto è ampio. Le braccia mi sollevano e mi aggrappo a lui, non volendo mai lasciarlo andare, sempre al loro fianco. Mi sento al sicuro qui.

"Non lo stiamo facendo qui. Dateci un momento", dice Bruno, immagino a mio padre. Klivens percorre il lungo corridoio prima di entrare in una stanza e chiudere la porta. Mi fa sedere sul bancone.

"Le tue lacrime mi stanno uccidendo", grugnisce Klivens. Bruno usa i pollici per asciugarmi la faccia. Mi appoggio al suo petto, avendo bisogno del suo tocco tanto quanto di quello di Klivens.

"Ti ha semplicemente asciugato il naso", ride Klivens. Devo trattenere un sorriso perché l'ho fatto.

"Non me ne frega niente", dice Bruno.

Le mani corrono lungo la mia schiena. "In quanti guai vi trovate?" Chiedo. Mi tiro indietro e li guardo. Hanno sguardi preoccupati sui loro volti. "Oh Dio, è brutto, vero?"

"Rallentare." Bruno mi prende a coppa il viso prima di avvicinarsi e baciarmi dolcemente e dolcemente. Quando la sua bocca lascia la mia, Klivens è il prossimo. Sento che comincio a calmarmi di nuovo. Continuo a darmi da fare.

Klivens stacca la bocca dalla mia e voglio tornare nel loro letto gigante, nascosto e non essere costretto ad affrontare tutto questo. La notte scorsa è stata così perfetta. Nemmeno ventiquattr'ore insieme e dobbiamo affrontare tutta questa schifezza.

"Sei-"

Bruno mi interrompe. "Potremmo essere squalificati per qualche partita."

"Veramente?" chiedo, sperando che non sia vero.

"Forse no." Klivens dà una gomitata a Bruno. "Il ragazzo non sporge denuncia. Senza accuse, probabilmente la Lega non ci verrà a cercare".

"Lui non è? Perché? Vuole soldi o qualcosa del genere? Dio, è tutta colpa mia! Non sarei dovuto andare a quell'appuntamento. Peggio ancora, non avrei dovuto cercare di farti ingelosire.

Klivens avvolge la sua mano attorno alla mia treccia, tirandola indietro così devo guardarlo nei suoi occhi. "Andrà tutto bene. Ce ne siamo occupati noi. Il ragazzo è uno stronzo con un passato da stronzo all'altezza. Non pensare nemmeno a lui."

Annuisco. Non dovrei essere eccitato in questo momento, ma lo sono. Le labbra carnose di Klivens si piegano in un mezzo sorriso. Probabilmente mi sta leggendo in faccia.

Sento un dito sotto il mento che mi fa girare per guardare Bruno. "Tutto ciò che conta è che stiamo insieme. Il resto è merda che in un modo o nell'altro risolveremo. Finché stiamo insieme, noi tre siamo l'unica squadra che conta alla fine della giornata".

"Mi innamorerò di voi due se non state attenti", scherzo.

"Non fingere di non amarci già", scherza Bruno. Il mio cuore batte forte perché ha ragione. Sono innamorato di loro.

Un colpo alla porta ci tira dal momento. Mio padre la apre ed entra nella stanza.

"Stai bene, Melly?" chiede mio padre, preoccupato sul volto.

"Sì. Sto meglio. Sei arrabbiato?" Chiedo.

Se Klivens e Bruno finissero in qualche modo per essere sospesi per alcune partite e influenzare la sua squadra, mi dispiacerebbe che mio padre si pentisse di avermi portato qui e di avermi assunto per aiutare con la squadra. Mio padre non è mai stato arrabbiato con me per quanto io possa ricordare.

"Che ne dici se ti dico una cosa e tu non puoi arrabbiarti con me per questo. La chiameremo pari?" A questo si alzano le sopracciglia. Bruno e Klivens si appoggiano al bancone su cui sono seduto, uno su ciascun lato di me, di fronte a mio padre.

"Che cosa?" Mi torco le dita chiedendomi perché potrei essere arrabbiato con mio padre. Forse mi licenzierà. Bruno e Klivens mi prendono ciascuno la mano. Mio padre osserva i loro movimenti con occhi attenti.

"È qualcosa a cui dovrò abituarmi." Scuote la testa.

"Ne abbiamo già parlato", ringhia Klivens.

"Quel che è fatto è fatto. Lei è nostra", aggiunge Bruno.

Sorrido mentre mi chiedo di cosa abbiano parlato. Immagino che sia stato prima che arrivassi qui.

"Sì, vediamo dopo che avrà scoperto i termini della tua nuova proroga del contratto."

"Cosa c'entra questo con me?" Lancio un'occhiata a tutti nella stanza. Tutti loro hanno uno sguardo colpevole sui loro volti. Me lo riprendo. Klivens si limita ad alzare le spalle, senza che il suo viso tradisca nulla. Neppure il senso di colpa.

"Ho chiamato i ragazzi stamattina quando è arrivata la notizia di tutto. Ho detto loro di entrare così potevamo parlare." Mio padre lancia un'occhiata a entrambi.

"Volevamo parlarne con te. Le cose sono semplicemente progredite più velocemente di quanto pensassimo".

"Non ho davvero bisogno di questi dettagli", dice mio padre, interrompendo Bruno. "Dopo aver visto il video ho capito quanto fossero seri nei tuoi confronti. Questi ragazzi non causano problemi. Si tengono il naso pulito, quindi farsi coinvolgere in una rissa significava qualcosa. Sapevo anche che ci sarebbero state delle ricadute. Niente di troppo grande. Forse due partite di sospensione al massimo, se non altro. Inoltre, mi sarei incazzato ancora di più se non gli avessero fatto il culo dopo quello che ha detto di te." Mi bruciano le guance sentendo che mio padre sa cosa ha detto quell'uomo.

Sia Klivens che Bruno mi stringono le mani.

"I giocatori spesso si spostano da una squadra all'altra." Mio padre continua ad andare avanti. "Il loro contratto scade presto e, beh, li volevo bloccati. Non solo perché ne valgono la pena, ma non voglio che se ne vadano con te. Ti ho appena portato qui."

"Papà." Il mio cuore si scioglie a questo.

"Non te la porteremo via", interviene Bruno.

"Non la condivideremo nemmeno con un gruppo di persone", ringhia Klivens. Lo guardo, senza sapere cosa diavolo significhi.

"Il contratto prevedeva che tu fossi il loro fisioterapista", dice papà, riportando la mia attenzione su di lui.

"Beh, se loro giocano per la squadra, ovviamente lo sono anch'io", rispondo, senza sapere dove andrà a parare.

"Sei solo il loro fisioterapista. Sei sempre al loro fianco nel caso abbiano bisogno di te per qualcosa."

Ho la sensazione che non saranno le mie capacità di fisioterapia a fare appello per la maggior parte del tempo. Non sono sicuro di come rispondere. Non so se ridere, urlare o scoppiare in lacrime di gioia.

"IO..."

"Supervisionerai comunque gli altri due fisioterapisti che abbiamo nello staff, assicurandoti di essere d'accordo con quello che stanno facendo e stabilendo il ritmo. Sei responsabile di tutto."

"Non essere arrabbiato con noi", dice Klivens, chinandosi. Lo guardo negli occhi. "Ti cerchiamo da sempre. Abbiamo bisogno che tu sia vicino ora che ti abbiamo trovato. La mia pancia si gira un po'.

"Dacci questo e ti daremo tutto ciò che potresti desiderare", aggiunge Bruno.

"Ho la sensazione che voi due farete sempre squadra contro di me, vero?" Arrossisco quando realizzo quello che ho detto. Bruno ride e Klivens lo copre con un colpo di tosse. Mio padre borbotta qualcosa che non capisco e che non voglio sapere.

Bruno mi bacia e io mi perdo per un attimo finché mio padre non si schiarisce la voce.

«Portala a casa e tienila nascosta per un po'. Lasciamo che tutto questo si spenga."

"Su," dice Klivens mentre mi prende in braccio e mi porta via senza aggiungere altro.

Capitolo 11

Catalizzatore

Per fortuna nel nostro edificio c'è un garage sotterraneo. Siamo entrati senza farci notare. I finestrini scuri del SUV impedivano alle persone di guardare dentro e assicuravano che non venissimo fotografati. Mi siedo al centro del letto e guardo il telefono, che suona ogni due secondi. Sono sorpreso che la batteria non si sia già scaricata.

Klivens e Bruno sono al telefono con i genitori. I loro telefoni continuano a esplodere con le loro chiamate. Volevano chiamarli più tardi, ma ho detto loro di chiamarli adesso. Amano la loro mamma e il loro papà e non volevo che si preoccupassero delle loro preoccupazioni. Non sarei andato da nessuna parte. Potrebbero impiegare qualche minuto per chiamarli.

Il mio telefono si illumina di nuovo e il nome di mia madre lampeggia sullo schermo. "Hai intenzione di rispondere?" chiede Klivens, appoggiandosi allo stipite della porta della camera da letto. Bruno entra e si getta sul letto accanto a me, facendomi rimbalzare con il suo peso. Guarda il mio telefono.

"È tua madre."

"Ecco perché non rispondo." Lo spengo e lo lancio sul tavolino. Sul bordo del tavolo intravedo il biglietto che hanno lasciato. "Inoltre, non lasciare un biglietto quando esci. Svegliami." Provo a sgridarli, ma mi sorridono soltanto.

"Volevamo sistemare le cose prima che ti svegliassi. Pensavo che saremmo tornati prima di allora", ammette Bruno.

"Ero sicuro che ti avremmo sfinito abbastanza perché ciò accadesse", aggiunge Klivens, allontanandosi dalla porta e raggiungendoci sul letto. "Sono ancora incazzato, dannatamente, quei tizi con le telecamere che ti hanno preso in faccia."

Raggiungo Klivens e mi avvolgo intorno alla sua schiena prima che possa alzarsi. Continua a voler scendere le scale e dire loro cosa ne pensa. Ok, forse un pezzo del suo pugno. Lo fermo perché aggiungerà solo benzina sul fuoco e darà loro ciò che vogliono: un'altra storia per far sembrare cattivi i miei uomini perfetti. Non lascerò che ciò accada.

"Fanculo. Inoltre, dopo che ci saremo tutti sposati e avremo il cognome del Contadino, sapranno che questa non è una merda perversa, un gioco o qualcosa del genere. Sapranno che è reale. Sanno anche che quello stronzo meritava di essere preso a pugni dopo come ha parlato della nostra ragazza. Allora tutto finirà."

Klivens si gira e mi prende in grembo così siamo entrambi di fronte a Bruno, che ha la mano dietro la testa, le gambe distese, sembra che stia parlando del tempo e non di noi tutti che ci sposiamo.

"Vuoi che dica il tuo cognome?" chiede Klivens.

"Vuoi sposarti?" Ti seguo.

Ci guarda come se fossimo noi i pazzi.

"Bene sì." Si siede. I suoi occhi vanno a Klivens. «Sei mio fratello, amico. Fai parte di questa famiglia tanto quanto ognuno di noi. Sei un contadino. Poi i suoi occhi vengono verso di me. «Lo sarà anche lei.»

Giro la testa per guardare Klivens, i cui occhi sembrano lacrimare.

"So che non possiamo essere tutti davvero sposati, ma chiederemo agli avvocati di preparare alcuni documenti per fare in modo che siamo tutti legati insieme. Ma penso che legalmente Klivens dovrebbe essere quello sulla licenza di matrimonio. Forse riuscirà a capire a quella testa dura quanto sono serio riguardo al fatto che lui sia un Contadino.

Detto questo, una lacrima mi scende lungo la guancia. "Ragazzi, non pensate che sia troppo veloce?" Chiedo.

"Cazzo no," sbotta Bruno.

La bocca di Klivens arriva al mio collo. "Ti stavamo aspettando, piccola. Non stiamo più aspettando. Ti amiamo e sappiamo che ci ami".

«Sì», ammetto. La mia schiena colpisce il letto e Klivens mi blocca una mano e Bruno l'altra.

"Ancora. Ripetilo", chiede Bruno.

"Ti amo. Entrambi."

"Cazzo, ti amo anch'io." La voce di Bruno risulta dura. Lancia un'occhiata a Klivens. "Vi amo entrambi. Sei la mia famiglia. Siamo una famiglia.

Klivens deglutisce a fatica. "Vi amo entrambi, anch'io. Più di quanto pensassi possibile." Le sue parole sono quasi soffocate.

"Ora che abbiamo sistemato la questione, facciamo tremare il suo corpicino e urlare ancora e ancora finché non vorrà essere nostra moglie."

"E avere i nostri bambini", aggiunge Klivens.

"Cazzo, non dire quella merda ad alta voce o sborrerò troppo in fretta," geme Bruno. Mi sento bagnarmi tra le gambe.

"Potrebbe essere già incinta, viste quante volte siamo venuti da lei ieri sera."

"Oh Dio," sospiro mentre li guardo, un bisogno selvaggio sui loro volti.

Entrambi saltano, rendendo vere le loro parole.

Epilogo

Quattro mesi dopo...

"Che cosa è quel rumore?" Provo a sedermi ma non arrivo da nessuna parte. Sono incastrato tra due giganti.

"Devono essere presto", brontola Bruno e Klivens grugnisce.

"Chi è in anticipo?" Cerco di dimenarmi liberamente ma ancora una volta non arrivo da nessuna parte.

La mano di Bruno si stringe sul mio seno mentre quella di Klivens scivola tra le mie cosce. I miei dimenamenti si fermano quando l'altra mano di Bruno mi afferra la gamba, la mette sopra la sua e allarga le mie cosce per Klivens.

"Ragazzi?" Gemo mentre l'altra mano di Klivens mi copre la bocca.

"Shh. Non voglio che nessuno senta quei dolci gemiti. Quelli ci appartengono", mi sussurra Bruno all'orecchio. "Lascia che Klivens ti porti via. Sappiamo tutti quanto sei scontroso quando non raggiungi l'orgasmo mattutino. Mi tira il capezzolo prima di farlo rotolare tra le dita.

Sussulto nella mano di Klivens. I nostri occhi si incrociano mentre lui muove le dita contro il mio clitoride. Bruno mi bacia il collo, le sue dita affondano nella mia coscia, la sua presa è possessiva come sempre.

Il forte colpo che sentivo svanisce e tutto ciò a cui riesco a pensare sono le loro mani su di me mentre mi spingono sempre più vicino all'orgasmo. Non posso credere che sto già per venire. Abbiamo passato tutta la notte a letto dopo il nostro piccolo litigio.

Beh, non è un gran litigio quando i due uomini con cui stai litigando ti interrompono baciandoti, mettendoti i loro cazzi in bocca o facendoti urlare di piacere. Questi due non giocano mai lealmente. Hanno continuato così finché non sono svenuto e per quanto mi riguarda non riesco nemmeno a ricordare per cosa stessimo litigando.

La gamba di Bruno mi avvolge mentre la sua mano si sposta dalla mia coscia fino alla fessura del mio culo. Muovi il culo contro di lui. Le dita di Klivens sul mio clitoride si muovono velocemente mentre Bruno entra da dietro, infilando due dita dentro di me.

Getto indietro la testa, l'orgasmo mi schiaccia. Bruno continua a spingere mentre Klivens mi lavora il clitoride, mandandomi oltre il limite. Mi fanno uscire l'orgasmo mentre cado inerte tra di loro. Chiudo gli occhi e le loro mani si muovono per prendermi lo stomaco, facendomi sorridere.

"Torna a dormire, piccolo. È ancora presto."

mormoro, l'idea mi piace. Finché un altro forte scoppio non mi sveglia di nuovo.

"Voi due. Cosa sta succedendo?"

Mi dimeno di nuovo, lottando un po' più duramente per uscire.

"Kataliya!" Mi blocco e i miei occhi si spalancano. Sia Bruno che Klivens sussultano. "Mia madre!" strillo.

La evito da mesi. Sembra che il mio tempo sia scaduto. La nostra unica telefonata dopo che i media hanno diffuso la nostra storia non è andata molto bene. Ho riattaccato, cosa che non avevo mai fatto in vita mia. Sono scioccato che ci sia voluto così tanto tempo per presentarsi alla mia porta e richiedere la mia attenzione. Nessuno la ignora.

"Lasciami andare." Cerco di liberarmi e guardo entrambi. "Tornerà qui e non vi vedrà nudi!" Urlo l'ultima parte, non mi piace l'idea che qualcuno li veda nudi. Bruno sorride.

"Solo tu ci vedi nudi." Klivens mi afferra il viso e mi bacia profondamente prima di lasciarmi finalmente andare. Mi affretto ad alzarmi, ma non prima che Bruno mi dia una pacca sul sedere, facendomi saltare e muovermi più velocemente.

Trovo la biancheria intima e me la infilo. Successivamente, prendo una maglietta dal pavimento e me la infilo sopra la testa. Mi giro e vedo Bruno e Klivens sdraiati sul letto, disinvolti e rilassati. Beh, ad eccezione delle loro erezioni che chiedono attenzione. I miei occhi vanno avanti e indietro tra loro. Voglio davvero tornare a letto con i miei uomini e non andare là fuori e affrontare mia madre.

"Kataliya!" urla di nuovo.

"Vestito!" Li scatto, facendoli sorridere entrambi. Alzo gli occhi al cielo ed esco dalla stanza. Mi fermo quando vedo mia madre parlare con tre uomini in tenuta da cantiere. Stanno tutti flirtando apertamente con lei. Gli uomini sono attratti da mia madre come una falena dalla fiamma.

"Madre."

Si gira a guardarmi. Il sorriso sul suo viso svanisce.

"Oh, è mia figlia che non mi parla da mesi!"

"Hai chiamato due volte e mandato un messaggio una volta, mamma. Non penso che morissi dalla voglia di parlare con me. In effetti, penso che fossi incazzato con me e che mi evitassi.

Stringe le mascelle. "Non ho scelta. Avevo già in programma un viaggio a Parigi da qualche mese. Non avrei lasciato che questa fase selvaggia che stai attraversando interrompesse la mia vita. Fino a questo!" Tiene in mano una rivista vecchia di tre mesi.

"Sì, mi sono sposato", ammetto. "Mi dispiace di non averti invitato, ma era una cosa piccola e dopo le cose che hai detto al telefono pensavo fosse meglio così".

Mia madre stringe le labbra. Alzo lo sguardo e vedo Bruno e Klivens entrare nel soggiorno.

"Fuori!" Klivens abbaia agli operai edili. "Ritorna domani."

"Niente pantaloni del cazzo, piccolo," mormora Bruno accanto a me, sembrando incazzato. Lo guardo.

"Vi parlerò tra un minuto." Indico il grande buco nel muro, ricordando il motivo del nostro litigio di ieri sera. Cerco di fissarli, ma devo trattenere un piccolo sorriso per quanto possano essere esagerati a volte.

Mia madre si schiarisce la voce. Chiaramente non le piace non essere al centro dell'attenzione in questo momento. La guardiamo tutti.

È vestita come sempre. I suoi capelli e il trucco sono perfetti. Ha sempre viaggiato con un team di persone per assicurarsi che apparisse al meglio.

I suoi occhi vagano sia su Klivens che su Bruno. Il mio corpo si immobilizza mentre mi chiedo cosa stiano pensando di mia madre. Tutti pensano sempre che sia mozzafiato, ma quando li guardo mi guardano entrambi con preoccupazione in faccia. Mia madre non attira la loro attenzione.

"Non mi hai nemmeno chiamato per dirmelo. È così che l'ho scoperto", sibila mia madre mentre sventola la rivista.

"Quella rivista è vecchia di tre mesi." Scuoto la testa. Il nostro matrimonio è una notizia vecchia. I paparazzi hanno finito quella storia adesso.

"L'ho appena visto", ribatte.

"Mamma, se fossi così preoccupata per me, avresti fatto di tutto per contattarmi dopo che avessi riattaccato. Non solo, i nostri nomi sono stati ovunque. Se avessi voluto sapere cosa mi stava succedendo, avresti guardato.

"Non potevo sopportare di guardare! Due uomini, Kataliya. Veramente? Sai che aspetto hai, vero?"

Allungo le braccia, afferrando sia Klivens che Bruno, sapendo che si sarebbero persi alle sue parole. Entrambi sono ancora al mio tocco. Gli occhi di mia madre guizzano avanti e indietro tra Klivens e Bruno, furiosi.

"Ti amo, ma devi scendere a patti con loro. Sono sposato con loro.

"Sai come ci fa sembrare questo?"

"Non mi interessa come mi fa sembrare. Sono felice che sia tutto ciò che conta.

"Dovrebbe andarsene", ringhia Klivens, senza nemmeno rivolgersi a mia madre.

"Non hai bisogno di questo stress", aggiunge Bruno. Si gira, la sua mano arriva al mio ventre.

"NO!" mia madre sussulta. "Sai almeno qual è il padre?" piange, la sua faccia diventa rossa.

"Entrambi", scattano entrambi Klivens e Bruno, facendomi sorridere. Come se fosse importante chi sia il padre. Siamo una famiglia. Periodo. Non importa.

"Penso che dovresti andare", le dico. Le sue spalle si abbassano e vedo uno sguardo attraversarle il viso che non avevo mai visto prima. Supero Bruno e Klivens e vado da mia madre. "Questa è la mia vita adesso. Devi abituarti."

"Tuo padre-"

"Non farlo", la interruppi. "Non voglio la vita che c'è qui a New York, e se vuoi far parte della mia vita devi accettarlo. Bruno e Klivens hanno ragione. Non permetterò che tu mi stressi in questo momento."

La sua testa cade in avanti, i capelli le cadono sul viso. "Va bene."

"Va bene?"

«Hai lo stesso sguardo che ha tuo padre. Questo è definitivo. Non sarai spostato.

"Li amo. Amo la mia vita qui." Le prendo la mano. "Voglio bene alla tua mamma."

"Anch'io ti amo." Mi sistema i capelli dietro l'orecchio, sorprendendomi con il suo affetto. Lo maschera velocemente. "Dovrei andare." Mi bacia su entrambe le guance prima di voltarsi per andarsene. Si ferma sulla porta, voltandosi a guardare i miei uomini. "Prenditi cura di lei."

"Sempre", dicono entrambi prima che mia madre annuisca, poi si giri e se ne vada.

La guardo uscire dalla porta e rimango lì per un attimo. Ho fatto i conti con ciò che è mia madre. Ancora di più dopo aver trascorso una settimana con Klivens e la famiglia di Bruno alla fattoria. La loro famiglia mi ha risucchiato come se ne facessi parte fin dalla nascita.

Le loro sorelle erano già come sorelle per me e la loro mamma era calda e dolce. Mi sentivo come se per la prima volta avessi avuto una vera mamma. Non una madre. Non voglio mia madre fuori dalla mia vita, so solo che non saremo mai vicini. E mi va bene. Ho più di quanto avrei mai potuto chiedere.

Mi giro per guardare Bruno e Klivens, che hanno le braccia incrociate sul petto ma i loro volti sono pieni di preoccupazione.

"Voi due ne volete parlare?" Sorrido, indicando il buco gigante nel muro e facendo loro sapere che non sono arrabbiato per mia madre. È quello che è.

Klivens alza le spalle. Bruno sorride.

Mi hanno chiesto di spostare le mie cose dal mio appartamento. Avevo intenzione di arrivarci, ma siamo in movimento da quando siamo diventati noi. Dal matrimonio, al viaggio per alcuni piccoli campi di squadra, alla scoperta di essere incinta e al trascorrere del tempo nella fattoria della loro famiglia, semplicemente non ce l'ho fatta.

Molte delle mie cose sono ancora negli scatoloni, ma non vedo la fretta. A quanto mi risulta, il contratto di locazione è di un anno, quindi cosa importa?

La rissa è arrivata quando sono tornati a casa da un incontro con il loro agente e mi hanno trovato svenuto nel mio vecchio letto. Da quando ho scoperto di essere incinta, sono stata incline ad attacchi di pisolini casuali in qualsiasi momento. Ero a casa mia e cercavo qualcosa che si adattasse alla mia pancia in continua crescita e avrei potuto svenire sul letto.

A loro non piaceva trovarmi addormentato nel mio vecchio letto. Così è scoppiata una piccola rissa. Non durò a lungo perché ero inchiodato al letto sotto di loro. Non mi lasciavano dire una parola, si limitavano a gemere finché non svenivo. Quando mi sono svegliato, c'erano dei lavori in entrambe le nostre case.

"Vuoi mantenere il posto. Bene. Stai per avere un grosso fottuto condominio," dice Bruno venendo verso di me seguito da Klivens.

Metto la mano sui fianchi, sto per aprire la bocca, e sono entrambi su di me. Non mi interessa davvero il condominio o la costruzione. Stavo solo cercando di dire loro che ieri si erano comportati in modo sciocco.

"Risolviamola di nuovo, Bruno", dice Klivens.

Fingo un ringhio mentre mi inchiodano al letto prima di iniziare a lasciare una scia di baci a bocca aperta lungo il mio corpo, fermandosi e prestando particolare attenzione alla mia pancia. Mi sdraio godendomi il loro piano, pensando di poter giocare sporco quanto loro.

Mi piace il suo suono.

Epilogo

Catalizzatore

Sette anni dopo...

"Cazzo, dov'è Klivens?" chiede Bruno mentre affonda in profondità.

"Ha detto che stava arrivando", gemo mentre muove il suo grosso cazzo dentro e fuori da me.

"Non so se posso aspettare di venire."

"Faresti meglio", lo avverto, immobilizzando i fianchi.

"Fanculo." Geme ancora e prende fiato.

Proprio in quel momento la porta della nostra camera d'albergo si spalanca e Klivens resta lì come una bestia. La mia figa si stringe attorno a Bruno e lui grida.

"Maledizione, piccola, rallenta la tua figa. Lui è qui!"

Sono sopra Bruno, lo cavalco mentre mantengo il contatto visivo con Klivens. "Ho bisogno di te," gemo e alzo il culo per lui.

Klivens non esita mentre si toglie i vestiti e prende il lubrificante che gli ho preparato. Si lecca il cazzo mentre sale sul letto e si mette dietro di me. Quando sento la punta del suo cazzo nella mia entrata posteriore spingo contro di lui, ne ho bisogno.

"Dove eravate?" Gemo mentre sprofondo su di lui.

I miei due uomini mi hanno saziata e ora finalmente mi sento completa.

"Sono rimasto intrappolato nell'atrio e non sono riuscito a scappare. Una squadra della sicurezza è dovuta venire a tirarmi fuori," dice Klivens e si infila fino in fondo. "Cazzo, sei stretto, tesoro."

"Fratello, non posso resistere ancora a lungo", dice Bruno, e gli infilo le unghie nel petto.

"Faresti meglio ad aspettare, Bruno", lo minaccio, e lui annuisce prima di borbottare statistiche di calcio per tenersi distratto.

Siamo in Texas per l'ultima partita della stagione. Non solo, ma è il gioco finale della carriera di entrambi i miei mariti. Hanno deciso di andare in pensione e trascorrere del tempo con la nostra famiglia e non potrei essere più felice.

Viaggio ancora con loro alle partite in trasferta perché non sopportano di stare lontani da me e dai bambini per più di qualche giorno. Ma viaggiare con cinque ragazzi ogni settimana è stressante per tutti noi. E stare in disparte e vedere i tuoi mariti venire picchiati ogni domenica fa sì che una moglie si senta sui nervi. Non sapevo quanto ancora avrei potuto sopportare, ma per fortuna entrambi mi conoscono meglio di quanto io conosca me stesso e mi hanno detto che era ora.

Mio padre si è addirittura tirato indietro da alcune delle sue responsabilità per aiutare i ragazzi e trascorrere del tempo con loro. Dice che la vita è breve e non vuole passarla a urlare contro i giocatori di football quando invece potrebbe lottare con i suoi ragazzi.

"Pensa solo ragazza, ragazza, ragazza", dice Klivens a Bruno, e devo mordermi il labbro per trattenermi dal ridacchiare.

Entrambi desiderano una ragazza così tanto che non riescono a sopportarlo. È il motivo per cui stiamo provando ad avere il bambino numero sei. Hanno detto che mi avrebbero tenuta incinta il più possibile e hanno mantenuto la parola data. Abbiamo una grande famiglia piena di ragazzi che sono rumorosi, puzzolenti e si arrampicano sempre sulle cose. Ma non cambierei nulla. Amo tutti i miei ragazzi più di ogni altra cosa e, sebbene la vita sia caotica, è divertente e sono così innamorata che quasi non riesco a respirare.

"Non mi stai aiutando!" Bruno ringhia.

Sento le labbra di Klivens dietro di me e posso dire che anche lui sta cercando di soffocare una risata. Eravamo tutti e tre d'accordo che avrebbero fatto a turno per riempirmi e Klivens ha preso il suo stamattina prima della partita. Bruno ha detto che avrebbe voluto farlo dopo, ma è talmente agitato che non resisterà a lungo.

"Vuoi venire e poi venire ancora?" chiedo, chinandomi e baciandogli il collo.

"SÌ!" Bruno ruggisce mentre mi viene dentro proprio in quel secondo.

"Cazzo," sento dire Klivens mentre il suo cazzo pulsa nel mio culo e viene anche lui. "Merda, il suo venire ha costretto anche me a farlo," dice, cercando di riprendere fiato.

"Che dire di me?" Faccio finta di lamentarmi e sporgi il labbro inferiore.

"Piccola, pensi davvero che ti lasceremo in sospeso?" dice Bruno, spingendosi e ancora forte dentro di me.

"Ti abbiamo mai lasciato vacillare giù dal letto senza che ci prendessimo cura di te?" chiede Klivens mentre mi prende per il culo.

"Cosa farò con voi due?" dico, dondolandomi tra loro due.

"Non abbiamo altro che tempo a disposizione per scoprirlo", risponde Bruno, pizzicandomi i capezzoli.

Ora che sono in pensione possiamo fare quello che vogliamo. Ciò significa che trascorrerò molto più tempo a letto. Gemo e mi allungo indietro, massaggiando le gambe di Klivens. Sono così forti e spessi che li afferro mentre i miei uomini mi penetrano.

Bruno mi afferra i fianchi e sorrido. Sono sorpreso che ormai non se ne siano accorti. Ho avuto cinque bambini, quindi il mio corpo non è esattamente come il giorno in cui ci siamo incontrati. Ho preso qualche chilo che non riesco a tenere a bada e il peso si è spostato sui fianchi e sul sedere. I miei mariti dicono che mi rende ancora più bella, ma maschera anche il fatto che sono incinta in questo momento e loro non ne hanno idea.

È ancora presto, ma la settimana scorsa sono andata di nascosto dall'ostetrico per un'ecografia precoce e ho scoperto che gli darò la loro bambina. Tutti saranno così emozionati e sarà il miglior regalo di pensionamento di sempre.

Tra un'ora mi verrà consegnata una torta ricoperta di fiocchi rosa dal servizio in camera. Ho anche ordinato la consegna di cinque dozzine di palloncini rosa, quindi dovrebbe essere divertente vedere come li porteranno qui.

È stato il segreto più difficile da mantenere, ma sarà davvero emozionante guardare i loro volti. Li amo così tanto e voglio dare loro tutto, proprio come loro lo hanno dato a me. Non avrei mai immaginato che la mia vita sarebbe andata così. Pieno di amore e risate con più sorrisi di quanti ne possa contare. Sono protetto e necessario; non è tutto ciò che una donna vuole veramente?

Il mio corpo si irrigidisce mentre i miei uomini mi suonano come uno strumento. Sanno esattamente cosa mi piace e in che modo mi piace, senza mai farmi dimenticare chi comanda.

Questa volta quando vengono, mi inseguono. È così sconvolgente che crollo su Bruno mentre Klivens mi bacia su e giù per la schiena mentre ci pulisce.

"Vi amo," mormoro a entrambi.

"Ti amo anch'io, piccolo", dice Bruno, baciandomi la sommità della testa.

"Ti amo, tesoro," dice Klivens e mi sculaccia il culo. "Adesso tocca a me, quindi girati."

Ridacchio mentre Klivens mi mette sulla schiena e si muove tra le mie gambe. Potrei dire loro che hanno già ottenuto ciò che vogliono. Ma qual è il divertimento in questo?

FINE!

Don't miss out!

Visit the website below and you can sign up to receive emails whenever Ashley Colem publishes a new book. There's no charge and no obligation.

https://books2read.com/r/B-A-TMQAB-LMTRC

BOOKS 2 READ

Connecting independent readers to independent writers.

Did you love *Kataliya, la Perfetta*? Then you should read *Taïna è in Fiamme*[1] by Ashley Colem!

[2]

Marvelns Telson nasconde qualcosa. Sa della sua compagna, ma non glielo ha detto, e non ha fatto valere i suoi diritti su di lei. Lo vuole più di ogni altra cosa, ma Taïna Cain è... debole. Deve proteggerla, e lo farà, anche se dovrà evitarla. Tuttavia è doloroso starle vicino senza reclamarla. È costretto a cedere quando la vede sola. Deve essere sua.

Il corpo di Taïna è in fiamme dopo un solo bacio. Quando lui la convoca nella sua cabina, vuole fargli capire che ha torto perché non riesce a credere che quest'uomo sia suo.

I Marvels non si sbagliano. Lui è il capo. Taïna lo vuole più di ogni altra cosa perché è un duro, tenace e non accetta un no come risposta.

---

1. https://books2read.com/u/3LdxjJ

2. https://books2read.com/u/3LdxjJ

La loro unione non può più essere nascosta a causa dell'imminente luna piena. Riusciranno i Marvel a difenderla dal branco che, teme, potrebbe vietare la loro unione? Farà tutto il necessario per proteggerla, qualunque cosa accada. È ora che il branco capisca con chi hanno a che fare, perché lei è la loro compagna.

Also by Ashley Colem

Bien Trop Brutal
Obsede Par Elle
Limite dépassée
Amour Improbable
Kataliya, la Parfaite Élue
Le Choix Ultime d'un Seul Amour
Réveille-toi, Barbara
Sexe à Répétition
Taïna est en feu
Captive d'une Nuit Enneigée: Jusqu'à ce qu'elle apparaisse et que son âme se sente captivée
Ces Attouchements Tabous: Cette nuit-là, il a changé ma vie pour toujours
Épuisement: Sienna est peut-être jeune, mais son corps sait ce dont il a besoin
Il va l'avoir: William veut Jesse plus que tout au monde
La Femme de ses Rêves: Il est obsédé par la jeune beauté qui lui a volé son cœur
Le No 1 des Connards: Il ne cherche pas d'excuses pour ce qu'il est ou ce qu'il fait
L'étrange Mariage du Milliardaire
Maintenant... Elle est à moi pour Toujours: Je mets un bébé dans son ventre et une bague en diamant à son doigt
Piégé par elle

Tenir si Fort: Il ne savait pas qu'une obsession pouvait s'emparer de lui aussi fort

Un Alpha de Mauvais Caractère: Aucune femme n'a jamais été capable de le gérer

Un Échange Très Étrange: Le destin de Cian et de Serenity, croisés dans un lycée américain

Limite Superato

Amore Improbabile

Kataliya, la Perfetta

Taina è in Fiamme